DREAMBOOKS

정령사 헌터 성공기

4

양인산 현대판타지 장편소설

MODERN FANTASY STORY & ADVENTURE

dream books 드림북스

정령사 헌터 성공기 4

초판 1쇄 인쇄 2015년 6월 23일
초판 1쇄 발행 2015년 6월 30일

지은이 양인산
발행인 오영배
책임편집 편집부
표지 · 본문 디자인 권지연
일러스트 신상원
제작 조하늬

펴낸 곳 (주)삼양출판사 · 드림북스
주소 서울시 강북구 도봉로 173
대표 전화 02-980-2112 **팩스** 02-983-0660
출판등록 1999년 3월 11일 제9-00046호

ISBN 979-11-313-0343-6 (04810) / 979-11-313-0339-9 (세트)

+ 이 도서의 국립중앙도서관 출판시도서목록(CIP)은 서지정보유통지원시스템홈페이지(http://seoji.nl.go.kr)와 국가자료공동목록시스템(http://www.nl.go.kr/kolisnet)에서 이용하실 수 있습니다. (CIP제어번호: 2015016669)

정령사
헌터 성공기
4
양인산 현대판타지 장편소설
MODERN FANTASY STORY & ADVENTURE
dream books
드림북스

정령사 헌터 성공기

목차

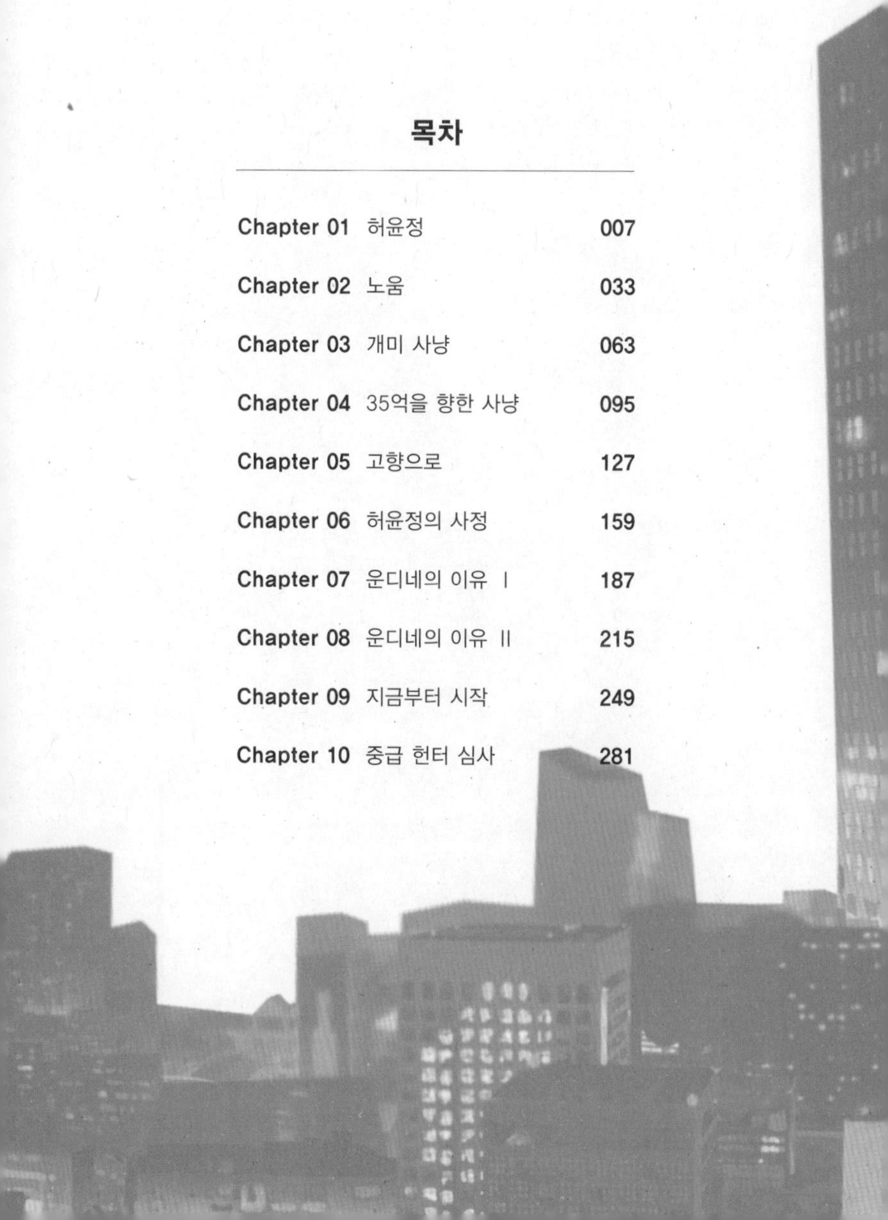

Chapter 01
허윤정

사람은 살면서 몇 번이고 떨리는 순간이 있다.

직장에서 사고 쳐서 상사에게 혼날 걸 걱정하는 것이나, 수능, 입대, 입시, 취직 면접 등을 앞에 두고 있거나.

모든 이들은 떨리는 순간을 언제 어디서고 맞이할 수 있다. 재현도 마찬가지다.

떨리는 순간이 얼마나 있었냐고 물어보면 그는 단연 지금이 가장 최고라고 단언할 수 있다.

바로 오늘 윤정과 만나기로 한 날이기 때문이다.

진작에 만나기로 약속은 잡았었지만, 개학이 코앞이라 만나지 못했다.

대학을 졸업하고 취업 전선에 바로 뛰어들었던 재현과 다른 것이다.

참고로 윤정과 재현의 나이 차는 세 살이다.

윤정은 이제 졸업반이라고 한다.

그녀는 개학 준비 때문에 바빠 결국 만나기로 약속한 날 나오지 못할 것 같다고 미리 연락을 주었었다.

그때 기대감으로 가득 찼던 재현이었기에 실망감도 장난이 아니었다.

허나 개학 준비가 끝나자마자 그녀는 재현에게 먼저 연락을 주었다.

평소와 다를 것 없이 사냥에 열을 올리고 있던 그는 윤정이 전화를 걸자 망설임 없이 사냥을 중단하고 그녀의 전화를 받았다.

그리고 그녀의 혹시 내일 시간이 되냐는 말.

재현은 당연히 된다 하고 약속 장소와 시간을 정했다.

그는 곧장 사냥하던 몬스터들을 팔아 치우고 집으로 와 내일 입을 옷을 잔뜩 사서 입어보기 시작했다.

"옷도 깔끔하고, 돈은 넉넉하고. 좋았어."

남자로서 좋아하는 여성에게 당연히 많이 사 주고 싶은 마음이다.

애초에 돈은 억 단위로 있으니 그리 크게 신경 쓰지 않는다.

아무리 비싼 곳에 가 봤자 엄청 남을 테니까.

다만 가장 신경 쓰이는 건 자신의 패션이다.

거울을 보며 맵시를 살피던 그는 혹시나 하는 불안감에 사로잡혀 있었다.

최근 유행하는 패션이 뭔지 관심이 없던 재현이다.

아니, 그는 살면서 옷에 큰 의미를 두지 않았다.

평소에 편한 옷을 선호하는 것이 재현이다.

외출할 때는 티셔츠에 청바지가 끝이다.

사냥을 할 때는 어차피 멋에 치중할 필요가 없기 때문에 아무렇게나 입는 경우가 태반이다.

다른 헌터들도 사냥을 갈 땐 멋보다는 추리닝 같은 옷을 입고 가는 경우도 적지 않게 볼 수 있다.

그가 가진 옷 중에서 새로 산 옷들을 제외하면 면접을 볼 때 정장 한 벌이 가장 세련된 옷이었다.

얼마나 그가 옷에 대해 관심이 없었는지 보여 주는 대목이라 할 수 있었다.

“혹시 내가 고른 옷들이 촌스럽다거나 하지 않겠지?”

“요즘 TV에서 본 것과 다른 사람들과 비교해 보면 큰 차이는 없다고 보는데?”

그렇게 말한 것은 운디네.

다행히 운디네는 나름대로 인간의 옷에 관심이 조금 있는 편이다.

"응. 별 차이 없는 것 같아."

썬더러는 큰 관심이 없어 잘 모르겠다는 표정이지만, 밖에서 본 다른 사람들과 비교해서 별 차이가 없다는 것만큼은 확실히 알고 있었다.

"쿨쿨~"

메타리엔은 당연히 머리 위에서 잠만 자고 있어 패션도 모를뿐더러 관심도 가지고 있지 않았다.

재현은 머리를 긁적였다.

"다시 말해 뚜렷한 개성은 없고 딱 중간 정도 한다는 소리로군."

그 정도면 나쁘지 않다고 생각하는 재현이었다.

개성이 확 튀면 그건 그것 나름대로 시선을 받고, 너무 나쁘면 촌스러워 보인다.

딱 중간이란 소리는 남들이 보기에 괜찮다는 소리다.

그렇게 생각하니 심적으로 안정되는 기분이다.

내일 입고 갈 옷은 이거라고 생각하며 다시 옷을 벗는다.

아침에 만나기로 했으니 바삐 움직일 필요성은 있다.

재현은 침대에 누웠다. 운디네와 썬더러, 메타리엔은 그의 가슴 위로 올라와 눕는다.

평소와 같은 일상.

다만 내일은 떨리는 일상이 될 것 같다.

재현은 눈을 감으며 얼른 잠을 청했다.

*　　*　　*

오후 12시에 맞춰 만나기로 한 윤정과 재현.

그는 약속 시간 20분 전 약속 장소로 도착해서 그녀를 기다리는 중이었다.

운디네와 썬더러, 메타리엔은 잘해 보라며 나중에 부르라고 말하고는 정령계로 돌아갔다.

오늘은 재현이 윤정과 같이 데이트를 하는 날이기에 그들도 나름 배려해 준 것이다.

그렇게 약 10분을 기다리자 멀지 않은 지하철역에서 윤정이 나오는 게 보였다.

그가 손을 번쩍 들며 크게 좌우로 흔들었다.

"윤정 씨!"

그의 목소리를 들은 윤정이 빙긋 웃으며 다가온다.

그녀도 나름대로 잘 차려입은 모습이다.

예년보다 일찍 봄이 찾아오긴 했지만 꽃샘추위가 기승을 부려 좀 두껍게 입고 온 편이었다.

그렇다 하더라도 여대생의 풋풋함이 묻어 나오는 그런 옷차림이란 것만큼은 변함이 없었다.

"재현 씨. 벌써 도착하신 거예요? 얼마나 기다리신 거예요?"

"온 지 얼마 안 됐어요."

10분 전에 왔으니 얼마 안 된 건 사실이다.

윤정도 약속 시간보다 일찍 도착해 기다린 시간이 적었다. 하지만 그녀는 재현이 오랫동안 기다렸다고 생각했는지, 미안한 표정을 지었다.

"추운데. 카페 같은 곳에서 기다리시지. 옷도 따뜻해 보이지 않고요."

"별로 안 추운데요, 뭘."

그의 말은 사실이다. 재현은 지금 딱히 춥다고 느끼지 않았다.

자연 친화력이 늘면서 뜨거움과 차가움이 덜 느껴지는 재현이었다.

남들이 뜨겁다고 느끼는 걸 재현은 미지근하게 느꼈다.

운디네와 썬더러가 이에 대해 자세히 설명해 줬었다.

자연 친화력과 정령력이 몸에 쌓이면서 그 기운이 추위나 더위를 누그러뜨려 준다고 한다.

덕분에 영하 5도 밑으로 내려가지 않는 이상 그는 추위를 잘 느끼지 못했다.

더위는 아직 여름이 되지 않아 잘 모르지만, 마찬가지로 잘 타지 않을 것이다.

재현은 사실을 말했지만, 이를 잘 모르는 윤정은 재현이 자신에게 미안함을 덜 주기 위해 말했다고 생각하고 있었다.

"그럼 일단 바로 식사라도 하실래요? 아직 식사는 안 하셨죠?"

"예. 배고프네요. 얼른 가요."

윤정이 자연스럽게 그의 손을 잡았다. 그녀의 손이 차고, 떨리고 있었다.

그녀가 추위를 잘 타는 건지, 날씨가 엄청 추운 건지 모르겠다.

일단 추운 모양이니 얼른 따뜻한 걸 먹여야겠다 생각했다.

재현은 흐뭇한 기분으로 그녀의 손을 쥐며 식당으로 향했다.

식당은 점심시간이라 사람들이 붐비는 곳이 많았다.

직장인들이나 대학생들이 식당을 점령한 상태였다.

윤정은 이 근처에 맛있게 밥을 하는 곳이 있다며 그를 끌고 갔다.

그녀가 안내한 식당도 마찬가지로 사람들이 많았지만, 다행히 자리가 있었다.

윤정이 안내한 식당은 한식당이었다.

한눈에 봐도 꽤 규모가 컸다. 점원들이 바삐 움직이는 걸 보면 확실히 맛 집인 모양이었다.

"가게마다 하나씩 맛없는 메뉴가 있는데, 여긴 그런 게 없어요. 어떤 걸 먹어도 절대 손해는 안 본다고 다들 말해요. 외국인들도 한국에 와서 여길 찾아올 정도예요."

"그 정도예요?"

그러고 보니 주위에서 간간이 한국말이 아닌 말도 들려오고 있었다.

재현의 옆자리만 하더라도 일본인들이 뭐라 말하며 음식을 먹고 있었다.

말하는 도중 오이시(おいしい)라는 특정 단어가 들려온다.

일본어는 잘 모르지만 아주 간단한 단어는 귀에 익었다.

아마 이 음식 맛있다고 하고 있는 거겠지, 하고 대충 이해해 버리는 재현이었다.

"재현 씨도 먹고 나서 한 번쯤 생각나서 단골이 될지도 몰라요."

얼마나 맛있으면 그럴까 싶다.

재현은 음식 중 그녀가 강력 추천해 주는 설렁탕 두 그릇을 시켰다.

손님이 많아 주문한 요리가 나오기까지 시간이 좀 걸리는 듯 윤정과 대화를 했다.

그간 어떻게 지냈는지 근황도 물어보았다.

둘 다 평소와 다를 것 없는 일상이었다.

윤정은 개강 준비를 마치고, 이번에 학과 일도 같이 하게 되었다고 한다.

이래저래 할 일이 많아 눈코 뜰 새 없이 바빴다는 모양이다.

재현은 늘 같아서 딱히 할 말이 그리 많지 않았다.

몬스터를 사냥하고, 사냥하고, 사냥하고. 그게 끝이다.

설악산의 몬스터 준동 때보다 더 여유로웠다는 것 말고는 달라진 게 없었다.

대화를 하다 보니 준동이 시작되기 전 몬스터 소탕 의뢰에 대한 얘기도 꺼내게 되었다.

지루할 법도 한데, 헌터에 관해서 관심이 높은 그녀는 그걸 다 끝까지 들어 주었다.

참고로 설악산 몬스터 소탕 의뢰의 보상 문제는 결국 약간의 푼돈을 주고 끝났다고 말해 주자 윤정도 그게 말이 되냐는 표정이다.

잡은 몬스터 등급에 관계 없이 한 마리당 고작 만 원.

재현은 57만 원을 보상으로 받았다.

잡은 수에 비해 너무도 터무니없는 보상이었다.

아이언 와일드 보어에게서 흔히 나오는 수정체 하나 값밖에 못 했다.

다 예산 문제다 뭐다 여러 가지 끼어 있어 그 돈으로 만족해야 하는 게 현실이었다.

헌터도 좋으나 싫으나 유사시 군인처럼 값싸게 이용당하기 쉬운 노동력이나 다름이 없으니까.

그러나 재현은 이것도 감지덕지라고 말해 주고서 이렇게 적게 보상해 줄 수밖에 없는 이유를 설명해 주었다.

강원도 여기저기에 파괴당한 시설이 많아 그것들을 복구하는 예산도 엄청 많이 든다고 한다.

몬스터 준동 때 잡은 몬스터들의 수정체와 가죽 같은 걸 팔아 벌어들인 돈으로 간신히 예산을 충당시키고 있다고 한다.

한 푼이 아쉬운 상황일 텐데 일단 보상을 주는 것도 감지덕지라고 생각하는 재현이다. 그의 말을 듣자 어느 정도 이해한 윤정도 고개를 끄덕였다.

모든 일어나는 일에는 다 이유가 있는 법이다.

이에 대한 속사정을 들으면 쉽게 이해할 수 있을 것이다.

다른 헌터들 대다수도 그와 생각이 같았다.

물론 아닌 사람들은 어디나 있긴 하다.

"설렁탕 나왔습니다."

그렇게 30분 동안 대화를 하다가 설렁탕 두 그릇이 그들의 앞에 놓여졌다.

겉으로 보나 냄새를 맡아 보나 별다른 특징을 찾아볼 수 없는 설렁탕이다.

이게 다른 곳과 뭐가 다를까 싶었다.

"한번 드셔 보세요. 아마 깜짝 놀랄 거예요."

재현은 고개를 끄덕이며 숟가락을 들어 국물을 한술 떴다.

한술 마시고 재현은 깜짝 놀랐다.

"마, 맛있네요?"

빈말이 아니라 정말 깜짝 놀랄 만큼 맛있었다.

설렁탕은 설렁탕인데, 다른 가게와 전혀 다른 맛을 내고 있었다. 깊이부터 다르다고 할까?

정화수가 들어간 음식은 무엇이든 맛있어진다지만, 이건 정화수가 들어 있지도 않은데 맛도 좋았다.

그들이 들어오고서 사람들이 줄을 서서 기다리고 있는 게 괜히 그런 게 아니었다.

오늘 처음으로 먹어 봤지만 정말 앞으로 자주 찾아올

것 같은 느낌이다.

무슨 음식을 먹을까 고민할 때 한 번쯤 생각날 만한 곳이었다.

그렇게 30분 만에 식사를 마친 그들은 계산까지 마치고 가게에서 나왔다.

식사를 하고 나오니 어느새 한 시간이나 흘렀다.

따뜻한 것을 먹은 덕분인지, 윤정은 만났을 때보다 몸을 떨거나 하지 않았다.

오후 시간이 되고 해가 내리쬐어 추위를 누그러뜨린 것도 크게 한몫했다.

"윤정 씨는 뭐 좋아하는 거 없으신가요? 뭔가 하고 싶다거나."

계획을 짜서 오긴 했지만, 그래도 최대한 윤정에게 맞춰 주려는 재현이었다.

자신은 괜찮다 생각하는 걸 그녀는 싫어할 수도 있으니까.

윤정은 잠시 생각하다가 퍼뜩 뭔가 생각났다.

"영화 보고 싶어요."

"영화라……."

생각해 보니 영화를 보러 극장에 간 게 얼마나 오래전인지 기억이 가물가물했다.

학창 시절에는 몇 번씩 갔지만, 집안이 어려워지고 가본 적이 없었다.

거기다 영화는 그리 크게 관심을 가지지 않아 최근 뭐가 재밌는지도 잘 모른다.

뉴스에서 몇 주 만에 천만 명 돌파한 영화가 있다는 건 보았지만, 영화 자체를 본 적은 없었다.

재현이 영화 중 뭘 봐야 하는지 고민하자, 윤정이 살짝 눈치를 봤다.

"혹시 영화 싫어하세요?"

뭘 볼지 고민하고 있었는데, 그녀가 보기에는 재현이 싫어하는 것으로 보였나 보다.

재현은 바로 고개를 저었다.

"아뇨. 영화를 싫어하거나 그런 건 아니에요. 전역하자마자 성적 관리한다고 공부하고, 졸업하자마자 취업 전선에 뛰어들고, 의도치 않았지만 헌터가 되고서 몬스터만 잡느라고 무슨 영화가 나왔는지 전혀 몰라서요."

지금 생각해 보니 참 여유도 안 가지고 앞만 달려왔구나 생각한다.

확실히 고시원에 살 때만 해도 월급날이 다가오기 전에 라면으로 연명하던 때가 있었다.

지금 생각하면 그때는 엄청 치열하게 살았구나 생각한다.

그렇다고 해서 지금 치열하게 안 살고 있는 것도 아니지만 말이다.

헌터를 하면서 나름대로 치열하게 살고 있긴 하다.

"제가 무슨 영화가 가장 재밌는지, 유명한지 몰라서 그런데 윤정 씨가 보고 싶은 거 보도록 하죠."

"예, 맡겨 두세요. 얼마 전에 개봉한 영화가 있는데 그걸 본 친구들이 엄청 재밌어서 여러 번 보게 된다고 해요. 헌터와 관련된 내용이라 재현 씨도 재밌게 볼 수 있을 것 같아요."

"그래요?"

윤정은 자신 있는 표정을 지었다.

영화관에 도착하고 윤정은 무슨 영화를 보려는 건지 말해 줬다.

재현도 알고 있는 제목이었다.

얼마 전 뉴스를 봤을 때 개봉 첫날부터 크게 흥행한 영화다.

더 헌터(The Hunter).

제목으로 보나, 포스터로 보나 딱 헌터를 소재로 한 영화란 걸 알 수 있었다.

개봉한 지 일주일이 조금 넘었는데, 그 기세를 유지하고 있어 지금은 천만 명을 눈앞에 두고 있다고 할 정도다.

사람마다 코드가 다를 수 있지만, 평점도 아주 높고, 극찬을 하는 사람들이 대다수다.

몇 번을 봐도 재미있다는 사람도 있다고 하니 말은 다 한 셈이다.

"영화값도 계산하시게요?"

"네."

어차피 윤정에게 쓰려는 돈이었으니 당연하다는 듯 고개를 끄덕이는 재현. 하지만 윤정은 고개를 저었다.

"영화값은 제가 계산할게요. 무조건 사 주시면 미안하잖아요."

윤정은 재현의 등을 밀어 계산대 앞에서 밀어내고 자신의 지갑을 꺼내 영화값을 계산했다.

재현은 무안한 표정을 짓더니 한쪽으로 시선을 향했다.

그곳은 팝콘과 콜라 등을 파는 곳이다.

재현은 영화값 대신 이걸로 만족하자며 팝콘을 큰 걸로 사고, 콜라도 두 개를 받았다.

윤정과 자신의 몫까지 충분한 양이다.

"뭐예요, 설마 그것도 계산하는 거예요?"

영화표 두 장을 손에 쥐고 있던 그녀가 팝콘을 사고 있는 재현을 발견했다.

그녀는 그를 또 밀어내서 자신이 계산하려고 했다.

재현은 손을 저었다.

"이미 계산 끝났어요."

기어코 재현은 팝콘하고 콜라를 사 버린 그를 보며 고개를 젓는 윤정.

싫은 건 아니지만, 조금 부담스러워하는 게 눈에 보였다.

"너무 사 주시지 않아도 돼요. 부담스럽잖아요."

"에이, 이거 가지고 뭘요. 부담스러워 하지 마세요. 어차피 오늘 제가 사려고 했어요."

과거라면 몇천 원 쓰는 것도 망설였겠지만, 지금의 재현에게는 그다지 부담되는 가격이 아니었다.

그의 통장 잔고는 무려 3억이다.

몇만 원 정도 썼다고 크게 티가 나지도 않는 금액이 있는 것이다.

거기다 오늘 아무리 많이 돈을 써 봐야 몬스터 한 마리 값도 되지 않는다.

설사 그만큼 쓴다고 하더라도 몬스터 한 마리만 잡으면 다 복구되기에 그리 부담스럽지도 않는다.

재현이 얼마나 버는지 잘 모르는 윤정은 조금 부담스러울지도 모르겠지만 말이다.

"그래도……."

"아, 지금 상영 시간 다 됐네요. 얼른 가죠."

재현의 말에 그녀가 고개를 끄덕이며 그의 뒤를 따른다.

영화관 내부로 들어오고 좌석에 앉았다.

오후임에도 불구하고, 자리가 꽉 찬 영화관 내부.

왼쪽 끝자리라 화장실 갈 때 불편은 크지 않을 것 같다.

윤정은 앞에 놓인 3D 안경을 착용한다.

"참고로 이건 3D예요."

그러고 보니 다른 사람들도 벌써부터 3D 안경을 착용하고 있었다.

재현도 3D 안경을 착용하고 나란히 앉아 스크린에 집중한다.

광고가 계속해서 나오는 가운데, 시간이 지나자 영화가 시작되었다.

첫 시작은 몬스터가 나오고, 그것에 쫓기고 있는 어떤 헌터였다.

저 사람이 주인공인가? 하면서 생각하고 있을 때, 등장인물이 넘어지고, 몬스터가 그 사람을 먹어 치운다.

주인공은 아니고, 사건의 계기 같은 모양이다.

그렇게 생각하며 영화를 보고, 팝콘과 콜라를 먹는다.

처음에는 웃긴 장면이 많아 웃음을 터트렸는데, 점점 갈수록 진지해지며 손에 땀을 쥐게 만들었다.

마치 자신이 주인공이 된 것처럼 푹 빠져들었다.

그렇게 한동안 긴장감이 넘치는 장면이 이어지다 잠깐 풀어 주는 대목이 나온다.

관객들은 잘 모를 수도 있지만, 이건 영화감독이 의도한 것이다.

자꾸 긴장만 하면 아무리 영화가 재밌어도 여유를 찾지 못할 수 있다.

약간의 여유를 주고, 다시 감정이 이입되게 만드는 것이야말로 진정한 명작이라 할 수 있을 것이다.

재현이 손을 내려놓는다. 그리고 부드러운 감촉이 느껴진다.

시선을 아래로 향하니, 윤정의 손 위에 자신의 손이 있었다.

"……."

"……."

서로 눈이 마주친다.

재현이 얼굴을 붉히고, 윤정은 빙긋 웃는다.

당황해서 손을 떼려고 했지만, 그녀는 오히려 그의 손을 꽉 잡았다.

피하지 말라는 듯, 적극적으로 다가오는 그녀를 보며 재현은 미소를 그리더니 서서히 그녀를 향해 얼굴을 다가간다.

[Don' t Worry. I got your back.]

걱정 마, 내가 있잖아, 라는 소리가 들리고, 자막이 나타난다.

영화의 주인공과 여주인공이 몬스터의 위기에서 몇 차례 벗어나고, 동료들이 희생되며 서로를 의지하고 있는 상황이다.

주인공의 품에 안겨 있던 여주인공이 고개를 들며 얼굴을 가까이 댄다.

[Thank you.]

그리고 두 주인공들의 입술이 서로 포개어진다.

*　　　*　　　*

재현은 이번에 본 영화에 대단히 만족한 상황이었다.

더 헌터.

제목은 상당히 진지하지만, 코믹과 감동, 액션, 스릴러 등 온갖 것을 섞은 영화였다.

코믹, 감동, 액션, 스릴러.

어울리지 않을 법한 장르들을 넣으면 난잡한 내용이 되기 마련인데, 더 헌터는 그렇지 않았다.

상황에 맞는 개그와 감동이 함께 어우러져 여운이 남을

정도다. 또한 모든 것이 자연스럽게 이어졌다.

처음에는 그냥 개그 캐릭터밖에 되지 않는 인물이 진지해지는 장면이 나오는데, 그게 가장 인상이 깊었다.

평소 바보 같은 면만 보이며 친구들과 어울리던 등장인물이 주인공이 몬스터에게 위협받게 되자 자신을 희생해서 몬스터를 잡는 내용이다.

친구들을 구하고 자신은 죽지만 마지막까지 바보 같은 웃음을 잃지 않는 그 모습은 뭐랄까.

남자로서 가슴 깊숙이 뜨거운 것이 올라오는 것이 느껴질 정도다.

인물마다 반전이 있어 꽤 재밌었다.

이러니 사람들이 몇 번이고 보려고 하는 것도 이해가 갈 정도였다.

10점 만점이라고 했을 때, 재현은 9점 이상을 줄 정도였다.

재현이라고 해서 영화를 전혀 안 본 건 아니다.

지금까지 본 것 중 단연 1위라고 할 만한 영화였다.

이건 분명 영화사에 길이 남을 명작일 것이리라.

"재밌었어요. 영화."

재현이 다 먹은 팝콘 컵을 쓰레기통에 버린다. 윤정도 공감한다는 듯 고개를 끄덕였다.

"네. 저도 처음 봤는데, 무지 재밌었어요. 다시 보고 싶다는 말을 왜 하는지 이제야 알겠네요."

재현도 누군가 같이 이 영화 보러 가자고 하면 또 볼 의향이 있다.

지루하지 않고 처음부터 끝까지 강렬한 인상을 주는 영화다.

헌터를 주제로 해서 그런지 상당히 공감되는 상황도 꽤 있었다.

감독이나 시나리오 작가가 혹시 헌터가 아닐까, 혹은 직접 겪은 일이 아닐까 할 정도였다.

헌터라면 반드시 봐야 할 0순위 영화다.

그렇게 한동안 여운에 잠겨 밖으로 나가자 어느덧 해가 지고 어둠이 내려앉아 있었다.

거리는 온통 네온사인으로 가득하고, 퇴근 행렬로 도로가 꽉 차 있었다.

시계를 보니 6시가 조금 넘어 있었다. 오늘 만나서 한 거라곤 점심 먹고, 영화를 본 것이 끝이었다.

영화가 3시간이 넘는 것이었으니 영화 본 게 오늘의 전부였던 것 같다.

"이제 저녁 드실래요?"

"네. 슬슬 배가 고파 오던 참이었어요."

재현은 미리 계획했던 곳으로 그녀를 데리고 가기로 했다.

그가 데리고 간 곳은 유명한 스테이크 전문점!

윤정은 이를 보며 놀란 표정이었다.

재현은 이곳이 얼마나 비싼지 잘 모른다.

그저 비싸지만 여자들이 좋아하는 음식점이라는 것만큼은 알고 있다.

그렇기에 이곳에 데리고 온 것이다.

윤정은 상당히 부담스러운 표정을 짓고 있었다.

"부담스러워 마시고 먹고 싶은 거 시키세요."

"아니, 그게 아니라…… 전 여기 처음 와 보는데요……."

"……."

윤정은 자주 와 봤을 거라 생각했더니 그게 아닌 모양이다.

거기다 가격을 보고 두 눈을 휘둥그레 뜨고 있다.

딱 봐도 정말 처음 와 보는 눈치였다.

'나도 잘 모르는데.'

자신은 몰라도 윤정이 알고 있으면 괜찮겠지 했는데, 둘 다 처음이니 조금 당황스럽다.

그렇다고 이대로 나갈 수도 없는 노릇이기에 일단 자리에 앉았다.

"샐러드 바? 이걸로 할게요."

윤정은 메뉴 중 가장 싼 걸로 시켰다. 재현은 고개를 끄덕였다.

점원을 불러 샐러드 바를 하겠다고 하자 액수를 체크한다.

샐러드라도 나오는 거겠지 생각하며 그렇게 한참을 기다렸다.

그러나 아무리 기다려도 뭔가 나오는 경우가 없었다.

"많이 늦네요."

"그러게요."

벌써 40분은 지난 것 같은데 아무리 기다려도 아무것도 오지 않았다.

자신들보다 늦게 온 사람들은 스테이크 같은 게 자주 나오는 것이 더 의아했다.

결국 재현은 점원을 불러 물어보기로 했다.

"저기 왜 샐러드가 안 나오나요?"

"예? 무슨 소리신지요?"

"샐러드 바를 시켰는데 아무것도 안 나오네요."

그 말을 듣고 잠깐 멍하니 있던 점원이 빙긋 웃으며 샐러드 바가 뭔지 친절하게 설명해 주었다.

샐러드 바.

샐러드가 나오는 게 아니라 뷔페처럼 이용할 수 있는 것이라고 한다.

그러고 보니 중앙에 사람들이 접시에 음식을 가득 담는 걸 보긴 했다.

점원이 친절하게 설명해 주는데 재현의 얼굴이 확 붉어진다.

듣고 있는 윤정도 마찬가지였다.

그들은 자리에서 일어나 샐러드 바에 가서 음식을 담기 시작한다.

피자, 초밥, 샐러드, 볶음밥, 국수 등 다양하게 있다.

그들은 접시에 음식을 담고 자리에 앉았다. 그리고 서로 눈이 마주친다.

"풋!"

그들은 누가 먼저라고 할 것 없이 웃음을 터트려 버렸다.

자신들이 생각해도 참 창피한 일이었다고 생각하며.

Chapter 02

노움

재현과 윤정은 영화관에서 약간 두근거리는 상황은 있었지만, 저녁 식사를 마치고 헤어졌다.

그 둘은 다음에 또 만나기로 하고서 다시 일상으로 복귀했다.

운디네와 썬더러는 소환이 되기 무섭게 윤정과 어땠는지까지 물었다.

그가 부를 때까지 일체 재현의 모습을 보지 않았던 모양인지 전혀 모르고 있었다.

재현은 당당하게 말했다.

"첫 데이트에서 키스까지 간 거면 진도 많이 뺀 거 아냐?"

운디네와 썬더러가 감탄을 했다.

메타리엔은 여전히 졸린 눈이었지만, 궁금하긴 했던 모양인지 눈을 뜨고 있었다.

"재현이가 많이 성공했네."

"스스로 숙맥이라 말해 놓고 첫날에 키스. 누가 봐도 많이 해 본 솜씨 아냐?"

재현의 과거가 궁금해지는 순간이지만, 그는 결백하다.

최소한 운디네는 이를 알 것이다.

계약을 하기 전부터 자신의 주위를 막 돌아다녔다고 하니 자신이 얼마나 악착같이 살았는지 잘 알 것이리라.

"그래서 오늘은 바로 사냥이야?"

"응. 잠시 몸 좀 풀었다가 바로 본격적으로 돌입할 거야."

첫 사냥 상대는 E급 몬스터들. 설악산의 몬스터들이 전멸하면서 또 다른 곳에 몬스터들이 출현했다.

도심지에서 나타나지 않고, 인적이 드문 산에 출몰해서 다행이다.

재현은 몬스터 소탕 의뢰를 받고 이동 중이었다.

민가에 내려오기 전에 최대한 소탕해 달라는 의뢰였다.

가장 높은 등급의 몬스터가 C급이라고 한다.

다른 몬스터들은 재현이 충분히 처리할 수 있기 때문에 최대한 줄여 놓자고 생각했다.

"그런데 이 녀석들은 왜 연락이 안 될까?"

꽤 괜찮은 의뢰가 들어와 혼자하기 아까워 유라와 아영에게 연락을 해 봤지만, 연락이 되질 않았다.

오랜만에 얼굴도 보고, 그간 얻었던 정보도 공유할 생각이었는데 연락 자체가 안 되니 할 수도 없었다.

'아영은 수험생이라 이해한다지만, 유라는 왜 안 받을까?'

어차피 봐도 그만, 안 봐도 그만이다.

연락이 안 된다고 손해를 보는 것도 아니다.

어차피 늘 혼자 사냥을 다니던 재현이다.

새삼 또 파티를 짜서 사냥을 하는 게 더 이상할지도 모른다.

재현은 평소처럼 그냥 혼자서 사냥하기로 마음먹고 트럭을 몰았다.

* * *

"크르릉!"

여섯 마리의 몬스터들이 무리를 이룬 채 재현을 향해

이빨을 드러내고 있었다.

날카로운 송곳니에 물리면 연약한 인간의 살점이야 어떻게 될지 뻔하지만, 그는 두려운 기색이 없었다.

"우와. 뭘까. 이 그리운 몬스터들은."

그의 눈앞에 도그 파이터가 있으니 두려움보다 그리운 게 당연했다.

최근 아이언 와일드 보어 외 D급 몬스터들만 사냥한다고 보지 못했던 몬스터들이었다.

수습 헌터 때 주로 사냥했던 도그 파이터.

도그 파이터에 대한 습성은 다 파악한 상태라 무서울 것도 없었다.

그는 여유롭게 녀석들에게 다가간다. 녀석들이 일제히 재현에게 달려들었다.

한 녀석은 목을 노리고 아가리를 벌리고, 나머지는 그의 몸을 물어뜯기 위해 달려든다.

하지만 그 어떤 녀석들도 재현의 몸에 생채기 하나 내지 못했다.

"굳이 티타늄 합금이 아니더라도 너희들은 아이언 와일드 보어의 가죽을 뚫을 수나 있냐?"

뚫리기는커녕 옷에 생채기 하나 내지도 못한다.

목에 대롱대롱 매달려 있는 녀석은 목 보호대를 물고

있었다.

처음 녀석을 봤을 때와 달리 너무도 여유 있는 모습이다.

"운디네. 수중감옥 네 개, 아쿠아 애로우."

오랜만이기도 하니 운디네로 처리하자고 생각한 재현.

운디네는 그의 말에 따라 네 개의 수중감옥을 만들고, 나머지 녀석들에겐 아쿠아 애로우를 날렸다.

수중감옥에 갇힌 녀석들은 이러지도 저러지도 못한 상태로 전신이 물에 잠겼다.

아쿠아 애로우에 맞은 녀석들은 깨갱! 소리와 함께 널브러졌다.

이를 보며 재현은 의아하다는 듯 쓰러진 녀석들을 바라본다.

"뭐야? 고작 아쿠아 애로우에 맞았다고 저 녀석들 기절한 거야?"

재현이 다소 황당한 표정을 지었다.

아쿠아 애로우는 일반 주먹보다 아프긴 하지만, 살상력이 뛰어난 것은 아니다.

하지만 녀석들은 피를 흘린 채 바닥에 쓰러져 있었다.

일단 몸에서 떼어 낸 후 천천히 요리할 생각이었는데 예상이 완전히 빗나갔다.

설마 이렇게 쉽게 넉다운 될 줄 예상도 못 했다.

혹시 저 두 녀석들만 저런 건가 싶어 수중감옥에 갇혀 있던 두 마리를 마저 풀어 주고, 아쿠아 애로우를 날려 본다.

반응은 방금 전과 똑같았다. 두 녀석이 아쿠아 애로우에 맞고 똑같이 피를 흘리며 나자빠져 있다.

죽지는 않았지만 중상을 입은 것이다.

예전과는 전혀 다른 모습에 의아한 표정이 그의 얼굴에서 사라지지 않았다. 이에 대한 해답은 운디네가 대신해 줬다.

"재현이의 정령력이 많이 늘어서 그래. 정령력이 늘어나면 그만큼 위력이 강력해지거든."

"그건 아는데 아쿠아 애로우로 저 녀석들을 다 잡는 것도 가능한 거였어?"

"응. 재현이는 정령을 세 명이나 부리고 있잖아. 하루 종일 소환해도 괜찮을 정도로 정령력이 쌓여 있어."

최근에는 정령력이 다 떨어지기 전에 다들 알아서 정령계로 가고 있다.

쭉 소환하다가 어느 순간 그들이 사라지면 자신의 정령력이 얼마 남지 않아 정령계로 돌아갔구나 생각할 정도다.

최근에는 거의 하루 종일 소환해도 쭉 남아 있었던 것 같다.

"무엇보다 재현이는 정령력을 더욱 쉽게 받아들이는

체질이라서 무서울 정도로 정령력이 쌓이고 있어. 80년 정도면 인간 최초로 정령왕도 소환할 수 있을지 몰라."

자부심을 가져도 된다는 듯 말하는 운디네지만, 재현은 마냥 좋아할 수도 없었다.

"……인간의 수명은 100살인데?"

그러니까 이 속도로 쭉 진행되면 자연사할 나이 때쯤이면 정령왕까지 부릴 수 있다는 얘기다.

정령왕을 소환하나 마나 무슨 쓸모가 있다는 말인가. 허울뿐인 명예밖에 되지 않겠는가.

'그러고 보니 다시 능력을 측정해 보라고 했던 거 같은데.'

규식이 해 줬던 말이 내심 머릿속에 맴돌았다.

중급 헌터의 위력을 지니고 있는데 아직도 초급 헌터인 게 이해가 되지 않는다는 말.

그 당시에는 대충 흘려들었는데 도그 파이터를 아쿠아 애로우 한 발로 잡는 걸 보니 진지하게 생각하게 되었다.

조금 더 능력이 향상되면 아쿠아 애로우도 충분한 살상력을 지닐 수 있게 되지 않을까 싶었다.

"음…… 일단 의뢰는 의뢰니까 최대한 잡은 후에 더 강한 녀석들을 잡으러 가 볼까?"

재현은 트럭에 녀석들을 옮기기 위해 거대한 가방에 녀

석들을 최대한 쓰셔 넣고 트럭으로 향한다.

* * *

재현은 일주일간 1억 4천만 원이라는 거금을 벌 수 있었다.

하루에 2천만 원을 벌고 있는 셈이었다.

몬스터들로부터 안전한 곳에 트럭을 조금씩 전진시키며 최대한 몬스터들을 사냥하고 있었다.

이렇게 하니 효율성이 매우 뛰어났다.

몬스터가 드문 곳에 정차하면 트럭이 몬스터에게 습격받을 일도 없었다.

트럭이 몬스터에게 파손될까 최대한 멀리 댄 것을 이젠 최대한 가깝게 대고 있는 것이다.

그는 하급에 속하는 몬스터들을 적정선까지 소탕하고, 차근차근 단계를 높여가며 사냥을 했다.

그리고 어느덧 D급 몬스터를 보게 되었다.

재현은 이번에 마주친 몬스터를 보고 놀란 표정이었다.

"우와, 개미가 엄청 크네?"

자신보다 큰 개미를 보며 재현은 꺼리는 표정을 지었다.

작은 개미는 귀엽게 봐줄 수 있는데 자신보다 큰 개미

몬스터는 귀엽게 봐주고 싶어도 귀엽게 봐줄 수 없는 것이었다.

녀석들은 킬러 앤트(Killer Ant)라는 몬스터로, 이미 세간에 알려질 대로 알려진 몬스터 중 하나다.

다만 그 실물을 처음 봤기 때문에 재현은 상당히 놀랄 수밖에 없었다.

그는 레이저를 쏴 녀석의 정보를 확인한다.

이름: 킬러 앤트

종류: 개미과

등급: D

-인간보다 큰 대형 개미이다. 강력한 턱과 힘을 자랑한다. 어지간한 바위를 드는 것이 가능하며 일반 개미와 같이 땅속에 둥지를 틀어 군락을 이룬다. 8개의 다리가 있지만, 너무 육중해 빠른 편은 아니다. 더듬이로 피아를 구분하고, 페르몬을 확인한다. 페르몬으로 제한적인 대화를 나누기도 한다. 킬러 앤트의 단단한 껍데기는 항마력을 가지고 있다. (Tip. 킬러 앤트의 더듬이는 방향 감각을 유지해 주는 기관이다. 화(火), 뇌(雷) 속성에 매우 취약하다.)

뇌 속성이라면 자신도 충분히 큰 타격을 줄 수 있다는 소리다.

쉽게 잡을 수 있는 몬스터가 나오니 재현이 속으로 쾌재를 불렀다.

설사 재현처럼 뇌 속성 공격을 하지 못하는 헌터들도 팁에서 보면 녀석의 약점은 더듬이인 모양이다.

여의치 않은 상황이 올 때는 더듬이를 공략하면 될 것 같았다.

개미의 더듬이가 생각보다 많은 것을 할 수 있다는 걸 오늘 처음 알게 되었다.

“일단 녀석 주위에 아무도 없는 걸 보면 따로 떨어져서 먹이를 찾는 모양이지?”

녀석들의 동료가 오기 전에 얼른 제압하자고 생각하며 그는 소리친다.

“선빵 필승! 썬더러, 라이트닝!”

썬더러의 손에서 번쩍 빛나는 것과 함께 작은 번개의 줄기가 녀석에게로 뻗어 갔다.

갑작스러운 전기 공격에 녀석이 괴기한 소리를 낸다. 양옆으로 뻗어 나온 턱이 서로 부딪치며 내는 소리였다.

썬더러의 가장 약한 공격인데 녀석은 그것만으로도 엄청나게 고통스러워하고 있었다.

무엇보다 녀석의 더듬이가 하늘 위로 발딱 서며 떨리고 있었다.

녀석이 감전되어 균형 감각을 잃고 쓰러지자, 재현은 마저 전기 충격을 가했다.

몇 번의 공격으로 녀석이 완전히 무력화됐다.

녀석이 너무도 쉽게 쓰러지자 그는 심드렁한 표정을 지었다.

"뭐야, 엄청 약한데? 이거 D급 몬스터 맞아?"

뇌 속성에 취약하다는 건 정보로 확인했지만 설마 이렇게 쉽게 쓰러질 줄이야.

이게 어떻게 D급 몬스터인지 전혀 이해하지 못하겠다는 표정을 짓는 재현이었다.

이에 대한 해답은 썬더러가 대신 해 주었다.

"킬러 앤트의 껍데기는 전류가 잘 흐르는 형태라서 그런 걸 거야. 굳이 운디네로 땅을 적시거나 할 필요도 없을 정도야."

"아, 그런 거야? 어쩐지 너무 쉽게 쓰러진다더니 그런 이유였구나."

"응. 킬러 앤트의 관점으로 보면 재현은 최고의 천적인 셈이란 거야."

다시 말해 킬러 앤트는 재현에게 있어 돈덩이나 마찬가

지란 소리다.

헌터들은 자신의 속성과 맞지 않는 천적이 존재하는데, 반대로 자신의 속성이 아주 잘 통하는 몬스터도 존재한다.

천적이 존재하면, 먹이가 존재하는 법이다.

재현은 정령사라 여건만 된다면 여러 속성의 정령과 계약해 자신이 녀석들의 천적으로 군림할 수도 있다.

이게 정령사의 매력이라면 매력이라고 할까.

물론 이게 쉽지 않다고 한다.

정령사들은 정령들과 몇 명이고 계약하는 게 가능하지만, 자신의 능력에 벗어난 정령과 계약하면 위기에 처할 수도 있다고 한다.

대표적으로 어둠의 정령.

정령들은 주로 순수한 존재들이지만, 어둠의 정령은 그렇지 않다고 한다.

어둠의 힘을 사용하기 때문에 매우 강력하지만, 계약자도 타락시킬 수 있다는 것이다.

원소를 가진 정령들은 위험이 적으나 아주 없는 것도 아니라고 한다.

정령과 상성이 맞지 않는 사람이, 자신의 정령력으로는 어림없는 정령과 무리해서 계약하려 했던 사람이 있다.

그 사람은 대체로 불에 타 버리거나, 물이 되어 사라진다거나, 흙이 된다거나. 그런 경우도 간혹 있다고 한다.

재현은 일단 정령과 상성이 맞는 사람이고, 정령들을 꾸준히 소환하고 대화하고, 사냥하기에 정령력이 부족할 일은 없다.

"킬러 앤트라…… 최대 C급 몬스터가 있다는 건 제대로 파악되지 않은 거지만 예측이 맞았나 본데? C급이면 녀석들의 여왕이겠지?"

모든 개미들의 어머니이자 여왕. 여왕개미.

일개미들이 날라 주는 먹이를 먹고, 끝없는 교미로 수많은 알을 낳아 자신들의 세력을 확장시키는 것이 킬러 앤트다.

일반 개미들처럼 하루마다 몇백 마리, 몇천 마리씩 새끼가 알에서 부화하는 건 아니다.

덩치가 커서 먹이의 양을 충분히 확보하지 못해 마구 산란하지 못하는 것이다.

그렇다 해도 그 번식력이 어마어마하다는 건 절대 부정할 수 없었다.

녀석들이 발견된 지 이제 고작 몇 주밖에 되지 않았지만, 분명 이 시간에도 녀석들은 하루가 지날 때마다 부화하고 있을 것이다.

그렇다면 그 숫자는 지금쯤 백여 마리쯤 되지 않을까가

재현의 생각이었다.

그 숫자라면 떼돈을 벌 수 있지 않을까, 그런 생각이 머릿속을 스쳐 지나갔다.

킬러 앤트의 껍질은 화 속성과 뇌 속성을 제외한 모든 항마력이 존재해 고블린 가죽 다음으로 인기 있는 재료다.

단단하면서 가벼워서 갑옷과 가전제품으로도 일부 만들어진다고 할 정도니 활용도는 무궁무진.

가격은 자세히 모르지만 아이언 와일드 보어랑 비슷하거나 그 이상이지 않을까 생각된다.

"그런데 문제는 이 녀석이 어디에서부터 나왔는지로군."

일단 지하에 녀석들의 둥지를 틀고 있으니 입구를 찾으면 될 것 같다.

녀석들의 크기를 보았을 때, 입구도 클 것이다.

하지만 이 넓은 곳에서 어떻게 찾을까가 관건이다.

찾는 것도 오래 걸릴 테고, 이곳저곳 돌아다니다가 녀석들에게 발견되어 표적이 되지 않아야 한다.

몬스터의 반응을 살펴보고 싶어도 킵보이는 지하까지 녀석들을 감지할 수 없다.

조심스럽게 주위를 경계하고 이동해도 꽤 오래 걸릴 것 같다.

"메타리엔. 혹시 찾을 수 있어?"

"불가능해…… 난 금속이 어디 있는지만 알 수 있어……."

메타리엔으로도 찾는 게 불가능하다고 하니 이런저런 고민이 되었다.

그가 고민을 하자, 메타리엔이 해답을 준다.

"이럴 땐…… 노움이면 쉽게 찾을 수 있어……."

"노움? 아, 땅의 정령 말이지?"

"응…… 바람의 정령인 실프가 지상의 모든 것을 알 수 있다면 노움은 지하의 모든 것을 알 수 있어……."

재현은 또 계약을 해야 하나 진지하게 고민했다. 정령들과 너무 많이 계약하는 게 아닐까 싶었다.

메타리엔과 계약했을 때 한동안 운디네와 썬더러와 대화를 거의 못 나눠 본 재현이다.

또 친해진다는 명목으로 새로운 정령과 계약을 하면 따돌리는 것 같은 느낌이었다.

이런 건 걱정하지 말라고 운디네가 말했지만, 그래도 그 생각이 떨쳐지지 않는다.

아마 이 고민을 하게 된 것에는 메타리엔과의 계약 때가 컸던 것 같다.

메타리엔과 친해진다고, 뭘 만든다고 운디네와 썬더러는 둘이서만 놀았던 적이 있다. 관심을 아예 주지 않은 것은 아니지만, 평소보다 덜 주었던 것은 사실이다.

솔직히 서운했던 감정이 있었을 것이다.

그가 어떤 고민을 하는지 눈치챘는지 운디네와 썬더러가 그의 볼을 꼬집는다.

메타리엔은 머리를 살짝 잡아당기고 있었다.

"재현이는 평소에 하겠다고 생각한 건 밀어붙이면서, 유독 우리에게는 마음이 여리다니까."

"우린 재현이가 그런 인간이 아닌 걸 아니까 걱정하지 않아. 전에 나와 계약하기 전에 운디네가 말했었잖아. 언제라도, 나중에라도 공평하게 대해 주면 괜찮다고. 우리도 같은 마음이야."

다들 이렇게 신경 쓰는 재현이 더욱 이해가 되지 않는 듯 보인다. 정령과 인간들은 생각이 많이 다른 모양이다.

조용히 머리를 잡아당기던 메타리엔이 그의 고민을 확 날려 버렸다.

"우리도…… 친구가 늘면 늘수록 좋아…… 오히려 다른 정령들과 계약하는 걸 추천해……."

새삼 느끼는 거지만, 정령들은 친구들이 생기는 게 그렇게도 좋은 거구나 생각한다.

어차피 누군가 따돌리거나 할 생각은 없지만, 누군가가 그렇게 느낄 수 있어서 걱정이 드는 것도 사실이다.

운디네는 여전히 고민하는 그의 볼을 더욱 세차게 꼬집었다.

"언제부터 우리 재현이가 이렇게 한심해졌을까. 그건 걱정하지 말라니까?"

"서운해하는 걸 보면 가슴이 아플지도 모르잖아. 한 번도 아니고 두 번이나 할 수도 있는데."

"우린 그런 걸로 서운함을 안 느끼니까. 메타리엔과 친해지고, 일이 끝났을 때 전보다 더 대화를 많이 나누기도 했잖아. 우린 그걸로도 충분히 만족해."

"그래도……."

"너무 연약하게 굴지 마. 재현이가 그런 인간이 아니란 건 우리가 잘 아니까. 다른 정령과 계약하면 다양한 얘깃거리와 놀 정령이 많아지는 거잖아?"

운디네가 부드럽게 재현의 뺨을 쓰다듬는다.

썬더러는 자신의 뺨을 재현의 뺨에 비빈다.

메타리엔은 재현의 머리를 쓰다듬는다.

"이런 고민을 하면서 우릴 걱정하지 마. 그럼 우리가 마음이 아파지니까."

운디네가 재현의 뺨을 끌어안는다.

크기가 작아 그 정도밖에 못 하지만, 만일 자신만큼 컸으면 다정하게 끌어안아 주었을 것이다.

운디네, 썬더러, 메타리엔을 보며 재현은 고개를 끄덕였다.

"그래. 앞으로 이런 고민 하지 않을게."

재현은 정령들을 다정하게 품에 끌어안았다.

정말 착하고, 자신을 진심으로 대해 주는 녀석들이다.

이런 녀석들과 함께라서 일상이 얼마나 즐거운지 모르겠다.

그럼 일단 소환에 필요한 재료를 모으기로 했다.

정령을 불러내기 위해 가장 필요한 것은 마나석.

마나석을 대체할 수 있는 게 바로 수정체다.

메타리엔을 소환했을 때도 수정체로 성공한 사례가 있다.

허나 지금 가지고 있는 수정체는 없다.

그래서 그는 눈앞에 있는 킬러 앤트를 주시한다.

이제 갓 잡은 저 녀석의 수정체를 써야 할 것 같다.

그래도 D급 몬스터이니 마나석을 만들기 충분할 거라고 생각했다.

*　*　*

재현은 킬러 앤트를 트럭까지 끌고 이동해 수정체를 꺼

냈다.

녀석의 수정체는 꽤 괜찮은 에너지를 보유하고 있었다.

이 정도면 꽤 비싸게 팔릴 것 같다는 생각을 할 정도였다.

그래도 정령과 계약하는 건데 아끼지 말자며 망설이지 않고 수정체를 가루로 만들었다.

알갱이들을 흘릴세라 유리병에 넣어 두고, 땅의 정령을 소환하기 위한 재료를 모았다.

재료가 뭐냐고 묻느냐면 당연히 흙이다.

흙은 주위에 보이는 게 전부 흙이다. 하지만 되도록 흙도 좋은 걸 쓰자고 운디네가 제안했다.

땅의 정령인 노움은 흙에 대한 것에 예민하기 때문이라고 한다.

좋은 수정체를 써도 좋지 않은 흙을 쓰면 오지 않을지도 모른다고 할 정도다.

그 덕에 좋은 흙이 뭘까 이곳저곳 뒤지다가, 황토를 발견했다.

황토가 얼마나 좋은 흙인지 알기에 그는 망설이지 않고 황토를 올려 두었다.

"자, 이제 부른다?"

다들 고개를 끄덕이고, 재현은 황토 위에 수정체 가루

를 뿌린다. 그리고 눈을 감으며 손을 얹고 정령력을 불어 넣는다.

잠시 후, 수정체에서 빛이 터져 나왔다.

재현은 빛이 터져 나오자 곧장 눈을 떴다.

성공을 의심치 않는 표정이었으나, 그는 곧 얼굴이 굳어졌다.

아무것도 없었다. 수정체 가루도, 황토도.

"방금 빛나지 않았어?"

성공했다고 생각했는데 그게 아니었던 모양이라고 생각한다.

혹시 황토가 자신이 생각한 것만큼 좋지 않은 흙이었나 다시 생각해 본다.

운디네는 고개를 끄덕였다.

"빛났어. 그리고 성공했어."

"정말? 근데 아무리 봐도 안 보이는데?"

아무리 봐도 땅의 정령이 보이지 않는다.

그러자 운디네가 한쪽을 가리켰다.

운디네가 가리킨 곳은 언제 그의 머리에서 내려왔는지 모를 메타리엔이었다.

자세히 보니 메타리엔을 누군가 들고 있었다.

"어어~"

메타리엔은 졸린 눈으로 놔 달라는 듯 소리를 내고 있었다.

재현은 뚫어지게 그 모습을 바라본다.

메타리엔 뒤에 숨어 있던 정령은 조심스럽게, 살짝 얼굴을 내밀었다. 그리고 재현과 눈이 마주쳤다.

딱 보고 엄청 귀엽다는 생각이 들었다.

차분한 인상의 운디네.

개구쟁이 같은 인상의 썬더러.

항상 졸린 인상이지만 집중할 때는 지적으로 보이는 메타리엔.

그와는 달리 땅의 정령은 정말 순진한 여아와 같은 인상이다.

다들 귀엽지만, 얼굴만 봤을 땐 노움이 가장 귀여운 것도 같았다.

그는 최대한 밝게 웃어 보이며 인사했다.

"안녕?"

"히익!"

메타리엔 뒤에 있던 갈색의 정령은 다시 뒤에 숨는다.

설마 기겁하며 피할 줄 예상하지 못했다.

전혀 예상하지 못했기에 재현은 마음의 상처를 받아버렸다.

뭔가 자신이 괴롭힌 것만 같은 착각이 들었다.

"운디네, 썬더러. 혹시 내가 웃을 때는 사나운 인상이야?"

스스로 사납거나 무서운 인상이 아니라고 생각하던 재현이다.

면접 때 어떻게 하면 더 인상이 좋을까 거울 앞에서 웃는 연습을 하던 때도 있었다.

면접은 모름지기 사람과 사람이 얼굴을 맞대는 것이기에 인상이 가장 중요한 요소로 작용한다.

자신은 괜찮다고, 이 정도면 성실하고 착한 인상을 남겼다고 생각했었다.

하지만 땅의 정령을 보고 자신의 착각이 아니었을까를 진지하게 고민해 보는 재현이었다.

다행히 착각이 아니었는지 운디네와 썬더러는 고개를 저었다.

그렇다 해도 왜 피한 건지 의문은 풀리지 않는다.

"근데 왜 날 무서워하는 거야? 이런 경우는 처음이라서 뭘 어떻게 해야 할지 모르겠어."

운디네와 썬더러는 지켜보는 입장에서 즐겁다는 듯 미소를 지으며 그 이유를 말해 준다.

"무서워하는 게 아니라 부끄러워하는 거야."

"낯을 많이 가리는 것 같기도 하고."

그 말을 듣고 재현은 다시 메타리엔 뒤에 숨어 있는 땅의 정령을 바라본다.

땅의 정령은 눈이 마주치면 숨고, 다시 얼굴을 내밀어 재헌을 바라보았다.

정말 싫어하는 표정이나, 무서워하는 표정이 아니었다.

썬더러의 말처럼 낯을 많이 가리는 것 같았다.

"노움…… 놔 줘……."

"하지만……."

메타리엔이 결국 노움에게 말을 했다.

낯을 많이 가린다면서 메타리엔에게는 쉽게 다가가는 걸 보니 정령계에서 알고 지냈던 사이가 아닌가 생각이 든다.

"메타리엔. 나 부끄러워. 도와줘."

"네가 부름에 응했으면…… 네가 해결해야 할 일이야…… 언제까지 내 도움을 받으면 발전하지 못해……."

역시 아는 사이였다.

방금 본 메타리엔은 뭐라고 해야 할까.

단호하다고 해야 할까…….

친구에게 딱 잘라 말하는 것이 있었다.

"재현이는 좋은 인간이야. 금방 적응할 수 있을 거야."

메타리엔은 노움의 등을 떠밀었다.

노움은 부끄러워하면서 가지 않으려고 했지만, 메타리엔은 힘으로 떠민다.

재현이 볼 때는 귀찮아서 그냥 떠미는 것으로밖에는 보이지 않았지만 말이다.

결국 자신의 두 다리로 재현에게 다가온 노움. 재현은 다시 인사했다.

"안녕?"

"아, 안녕하세요……."

용기를 내어 고개를 들어 그의 눈을 바라보는 노움. 그리고 다시 얼굴을 확 붉히며 시선을 피했다.

재현은 그 모습이 정말 귀엽다고 생각했다.

정령들은 어떻게 하나같이 이렇게 개성이 다양하고 귀여울 수 있는지 궁금하다.

그는 노움에게 손을 내밀었다.

"나랑 계약할래?"

"네…… 근데 잠깐 마음의 준비를 해도 될까요?"

재현이 그러라고 하자 노움이 몇 번 심호흡을 한다. 더욱 가까이 재현의 앞에 서더니 흙을 조종해 눈을 그에게 맞췄다.

화악! 하고 갈색의 빛이 그 둘의 주위를 밝힌다.

"정령 노움은 인간 박재현과 정령의 계약을 통해 서로의 감정을 공유하고 돕기로 이 자리에서 약속한다."

"인간 박재현은 정령 노움과 정령의 계약을 통해 서로의 감정을 공유하고 돕기로 이 자리에서 약속한다."

네 번째 계약. 역시나 입이 저절로 움직이는 건 기분이 묘했다.

"나 정령 노움은 언제나 힘이 되어 계약자를 돕기로 맹세하고."

"인간 박재현은 계약자로서 정령 노움에게 힘이 되어 주도록 맹세한다."

빛이 강렬해지며 그들의 몸을 감싼다.

"이 자리에서 정령 노움과 인간 박재현은 계약 관계를 뛰어넘어 친구가 되기로 약조한다."

빛이 사방으로 퍼진다. 그리고 그의 몸속으로 스며들어 온다.

재현의 가슴에서 차갑고도 따뜻하며 포근한 느낌이 전해져 온다.

그의 가슴에 갈색의 빛이 머물다가 사라졌다.

땅의 정령, 노움과 계약을 맺었다는 새로운 증표가 가슴에 새로 새겨졌다.

노움은 여전히 부끄러운 듯 얼굴을 가리고 있었다.

얼마나 부끄러워하고 있는지는 감정이 전해져서 잘 알았다.

'우와, 엄청나다. 부끄러움을 타는 게 이런 기분이었구나.'

자신이 겪어 보지 않으면 절대 모를 감정을 느낄 수 있다.

이 정도로 부끄러워할 줄이야.

당장이라도 심장이 터질 것 같은 느낌이다.

괜히 시선을 피하는 게 아니라고 생각했다.

재현은 노움의 머리를 쓰다듬었다.

"앞으로 잘 부탁해, 노움."

"네, 네. 저도 앞으로 잘 부탁합니다."

더욱 부끄러워하는 노움이지만, 그의 손길을 피하지 않았다.

*　　*　　*

노움과 계약한 재현은 곧장 킬러 앤트들이 판 개미굴을 확인하기 위해 노움에게 위치를 찾아 달라고 부탁했다.

노움은 부끄러운 표정으로 땅속에 들어가더니 녀석들의 둥지를 확인하기 시작했다.

주변에 아무 곳에나 걸터앉아 쉬고 있었던 재현의 발치에 노움이 나왔다.

"찾았어요. 개미들의 입구부터 출구, 방 구조까지 전부다."

"우와! 벌써? 대단한데?"

땅속으로 들어간 지 고작 10분 남짓이었다.

그동안 모든 것을 파악했다고 하니 놀라지 않을 수 없었다.

정말 땅의 정령은 대단하다며 칭찬을 하자, 노움이 몸을 배배 꼬았다.

부끄러우면서도 칭찬을 하니 좋아하는 것이다.

재현은 곧장 노움의 안내를 받아 녀석들의 출구 앞에 도착했다.

"출구는 대략 여섯 개. 이 산 전체에 따로따로 퍼져 있어요. 방은 스무 개 정도, 안에 있는 수는 백 마리가 넘어요."

"엄청 많네."

안에 있는 숫자만 백 마리.

밖에서 지금 먹이를 찾아다니는 녀석들까지 합하면 더 된다는 소리다.

아마 곱절은 되지 않을까 싶었다.

킬러 앤트를 아무리 쉽게 잡을 수 있다 하더라도 백 마리 이상 상대하기는 확실히 꺼려졌다.

몇 마리 정도는 한꺼번에 상대할 수 있다지만, 수십 마리가 달려들면 재현이라도 어떻게 할 수 없다.

그렇다는 건 각개격파를 하는 게 정답이다.

상대할 수 있을 만큼만 상대하고 점점 수를 줄여나가는 것이다.

녀석들의 크기가 좀 되는 터라 트럭에 수십 마리를 태우는 게 불가능하다.

최대한 많이 태워도 열 몇 마리 정도가 한계이리라.

"굴 안으로 깊숙이 들어가지 마세요. 무너질 수도 있으니까요."

애초에 들어갈 생각도 없었지만, 혹시나 싶어 노움은 들어가지 말라고 경고했다.

확실히 작은 개미들이라면 몰라도 그 덩치의 개미들이 아무런 지지대도 없이 땅을 팠으면 생매장될 것이다.

그럴 땐 노움이 도와주겠지만, 땅속에서 사는 녀석들을 당해 낼 수 없다고 생각했다.

제아무리 노움이라도 재현을 안전하게 지상으로 올려 보내 주겠다고 장담하지 못하는 것일지도 모른다.

Chapter 03
개미 사냥

굴에서 조금 떨어진 곳에서 재현은 킬러 엔트들이 어떤 습성을 지녔고, 대체로 어떤 먹이들을 먹는지 살펴보았다.

굴에서 나오는 시간은 딱히 정해져 있지 않았고, 녀석들은 다양한 먹이를 먹었다.

곤충형 몬스터와 산에 사는 짐승들 위주였다. 주로 육식이었다.

또한 죽은 동료들의 시체를 굴에 끌어가기도 했다.

재현 말고도 의뢰를 받은 헌터들 중 아영처럼 화염계 공격을 할 수 있는 사람도 있던 모양인지 잘 구워진 동료들을 굴에 끌고 가는 모습도 보였다.

"이야, 정말 바위도 혼자서 나르네?"

얼마나 영악한지, 녀석들은 강력한 턱으로 바위를 끌어다 입구를 가리는 치밀함도 보이고 있었다.

노움과 계약하지 않았더라면 절대 찾을 수 없었을 것 같다.

재현은 어느 정도 킬러 엔트의 습성을 파악한 후, 사냥에 나섰다. 그는 킬러 엔트를 각개격파하기로 했다.

굴 안으로 들어가는 것보다 나오는 녀석들을 차례로 무찌르는 것이 사냥하기 쉽다고 판단한 것이다.

녀석들은 무리를 이루며 이동한다.

설사 혼자 떨어졌다 하더라도 주위를 정찰하는 역할이었으며 일정한 거리를 떨어지지 않았다.

재현이 처음 사냥한 킬러 엔트는 무리에서 멀리 떨어져 나온 녀석이었을 뿐이다.

주로 여덟 마리에서 열 마리 정도가 같이 다녔다.

열 마리는 힘들지 모르겠지만, 여덟 마리는 어떻게든 잡을 수 있을 것 같았다. 재현은 최대한 무리가 적은 녀석들에게 달려들기로 했다.

"썬더러, 라이트닝 볼!"

라이트닝 볼이 뭉친 녀석들에게 작렬했다. 지속적인 전류로 녀석들이 기괴한 소리를 내기 시작한다.

공격권에서 벗어난 나머지 녀석들은 재현을 발견하고 그에게 몰려들기 시작했다.

킬러 엔트와의 사냥은 최대한 빨리 끝내는 것이 좋다고 인터넷에서 봤지만, 재현은 그리 걱정하지 않았다.

인간이나 정령들은 녀석들의 페르몬을 맡을 수 없었지만 녀석들은 기가 막히게도 맡고 도우러 오는 경우도 있었다.

늑대형 몬스터처럼 자신이 위험하면 소리를 지르는 것과 같은 이치다.

하지만 재현은 운디네로 하여금 그 페르몬이 녀석들의 동료에게 전달되지 않도록 물로 씻어 버렸다.

아니면 노움이 흙으로 덮어 버렸다.

냄새가 퍼지지 않으니 동료들을 불러들일 수도 없었다.

녀석들의 동료들이 우르르 몰려올 걱정은 하지 않아도 되는 것이다.

물보다는 전격에 취약한 녀석들이라서 공격을 할 때마다 픽 나가쓰러지고는 했다.

그래도 숫자가 많아서 그런지는 몰라도, 가끔 코앞까지 다가오는 녀석도 더러 있었다. 녀석이 턱으로 재현의 목을 잡으려고 했다.

녀석의 강력한 턱 힘에 잡히면 목이 그냥 잘려 나갈 것이다.

"메타리엔, 사철무장!"

대지에 있는 사철들이 모여 그의 전신을 둘러싼다. 녀석의 턱이 아무리 강해 봤자 정령들 중 방어 기술이 뛰어난 메타리엔의 기술을 뚫지 못했다.

녀석들이 사철무장을 뚫지 못하자, 썬더러는 다시 녀석들에게 전격을 날렸다. 사냥은 일방적이라고 할 수 있었다.

포식자라고 불리는 개미들이 재현의 앞에서는 단순한 사냥감이었다.

제아무리 단단한 턱을 가지고 있더라도 메타리엔의 방어 기술을 어떻게 하지 못한 것부터 녀석들은 사냥감 확정이었다.

티타늄 코트도 녀석들이 어떻게 하지 못하겠지만 장난감처럼 이리 치이고, 저리 치일 수 있기에 아예 접근을 차단했다.

힘만으로 따지자면 킬러 엔트가 아이언 와일드 보어보다 셌다.

운디네와 노움은 자신들의 공격이 킬러 엔트에게 큰 효과를 보지 못해, 뒤에서 서포트하는 역할이었다.

노움을 소환했겠다, 재현도 적극적으로 싸움에 투입시키고 싶었다.

하지만 킬러 엔트들은 지(地) 속성의 저항력이 가장 높았다.

공격을 해도 별다른 데미지를 주지 못하니 어쩔 수 없이 뒤에서 서포트하는 역할을 맡게 한 것이다.

기술들은 모두 머릿속으로 기억하고, 이름도 정해 주었다.

전부 다 흙을 조종하는 것이라 기술명을 짓는 것도 어려운 일은 아니었다.

“이제 슬슬 옮겨 볼까?”

대충 사냥이 끝나자 재현은 사냥한 킬러 엔트들을 트럭에 실어 나르기로 했다.

이때 노움이 적극적으로 도와주었다.

대지를 조종해 다수의 킬러 엔트들을 나르기 시작한 것이다.

통나무를 밑에 받치고 그 위에 물건을 끄는 것과 같은 모습이다.

참으로 신기한 광경이었다.

신기해서 노움을 보고 있자니, 노움은 시선을 회피했다.

“고마워, 노움.”

“괘, 괜찮아요. 이 정도는 별로 힘든 것도 아니니까요…….”

부끄러워하는 모습이 어찌나 귀여운지.

소심하지만 않았더라면 이때 조금 장난쳤을 것이다.

그게 내심 아쉬운 재현이었다.

어쨌든 노움의 도움으로 어렵지 않게 킬러 엔트들을 트럭까지 전부 나를 수 있었다.

사냥에 너무 열중한 나머지, 트럭이 넘칠 정도였다.

크기도 크기지만 무게도 장난 아닌 녀석들이었다.

무게도 꽤 되는 녀석들이라서 트럭 뒷면이 약간 눌려 있었다.

위에 천을 덮고 끈으로 고정시킨 후, 재현은 트럭이 제대로 갈 수 있을까 뒤늦게 걱정이 되었다.

일단 다 옮길 수는 있을 것 같은데 도중에 시동이 꺼지거나 하지 않을까 걱정이 된다.

워낙 오래된 트럭이라 간혹 시동이 꺼질 때가 있었다.

카센터에 가 봤자 듣는 말은 아예 트럭을 바꾸는 게 좋을 거라는 말이 전부다.

요즘은 카센터에 가도 이런 구식은 취급하지 않는 모양이다.

돈도 벌고 있겠다, 이제 크고 힘도 좋은 트럭으로 바꿀까 고민하고 있을 때였다.

그의 눈에 신경 쓰이는 광경이 보인다.

"뭐야, 이거. 누가 이렇게 해 놓은 거야?!"

그가 본 것은 조수석 쪽의 문이 움푹 파여 있는 광경이었다.

마치 누군가 일부러 박은 듯한 모습이었다.

주위를 살폈지만 또 다른 차량은 보이지 않는다.

있는 것은 트럭의 일부 잔해뿐이다.

뺑소니를 친 게 아닌가 땅을 살펴보았지만, 바퀴 자국은 없다.

재현의 트럭의 바퀴 자국이 전부다.

바퀴 자국 대신 있는 거라곤 덩치가 좀 되어 보이는 몬스터의 발자국뿐이다.

"내가 없는 사이에 몬스터가 들이받았나 보군."

잘 보니 피가 튄 부분도 있었다.

재현은 앓는 소리를 했다.

설마 안전하다고 생각한 곳에서 몬스터가 나타나 들이받을 줄은 몰랐기 때문이다.

그는 고개를 저으며 한숨을 내쉬었다.

이건 누구의 잘못도 아닌 재현의 잘못이다.

어디에 불평할 수도 없다.

이거 보험 처리가 되나 진지하게 생각하게 되었다.

"후우, 일단 팔고 또 와야겠다."

재현은 트럭에 시동을 걸고, 근처에 있는 헌터 거래소로 몰았다.

다행히 트럭은 움직여 줬지만, 조수석 문이 상당히 거슬리는 건 어쩔 수 없었다.

* * *

재현은 킬러 엔트를 잡고서 헌터 거래소로 곧장 옮겼다.

그것을 세 번 정도 왕복하자 어느덧 해가 떨어져 사냥을 종료해야 했다.

잡은 숫자는 스무 마리가 조금 넘는데, 그렇게 사냥했어도 수확은 엄청났다.

1억.

오늘 재현이 벌어들인 수익이었다.

여기서 또 세금 떼고 10%를 떼서 벌어들인 것이다.

한 마리당 약 육백만 원 정도에 팔렸던 것으로 기억한다.

킬러 엔트의 껍데기가 상당한 항마력이 존재하고, 전류가 잘 통해 다방면으로도 활용할 수 있어 가격이 비싼 것이다.

또한 녀석들은 연구 가치도 꽤 높았다.

곤충의 크기가 이 정도인데 어떻게 다리가 부러지지 않

는지는 아직도 미스테리라고 한다.

몬스터니까, 라고만 볼 게 아니라 근본적인 탐구가 진행되지 않으니 가격이 비쌀 수밖에.

한국에는 특히 킬러 엔트의 숫자가 적어 그 가격이 비싸다고 한다.

타국은 킬러 엔트가 다수 있어 한국보다 가격이 반 이상 싼 편이라고 한다.

숫자가 적은 덕분에 재현에게는 일확천금의 기회가 생긴 것이다.

재현은 얼른 킬러 엔트를 잡아들여 돈을 벌고자 했다.

녀석들은 번식력이 뛰어나니 금방 원래 숫자를 복구할 것이다.

먹이가 부족해서 한정적으로 번식할 뿐이지, 숫자가 줄어들면 번식은 더욱 빠르게 이루어질 것이다.

이제 돈도 꽤 벌게 되었지만 한 가지 아쉬운 것은 있었다. 그것들을 옮기는 데 너무 많은 시간이 들었던 것이다.

게다가 트럭에 태울 수 있는 몬스터 수에 한계가 있었고, 차체의 내구도 또한 문제였다.

몬스터가 들이받으니 움푹 파인 문을 보고 한숨이 다 나왔다.

혹시 이거 보험 처리가 되는지 자동차 보험회사에 물어

봤지만, 헌터가 사냥 도중 몬스터에게 차량이 사고를 당하면 보험 처리가 안 된다고 한다.

본인의 부주의로 인한 사고이기 때문이라는 것이다.

이건 얄짤없이 재현의 돈이 들게 생겼다.

"어차피 바꿀 생각은 하긴 했다만, 정말 타이밍 한번 기가 막히네."

용량도 문제고, 내구도도 문제다.

중고로 샀다지만 처음 살 때만 해도 안정감은 없다 쳐도, 힘 하나는 좋았다.

하지만 지금은 처음 살 때만큼의 힘도 안 나오고, 시동도 자주 꺼졌다.

몬스터가 들이받고 그게 더 심해진 것 같기도 했다.

카센터에 가 봤자 부품이 없다고 못 고쳐 준다고 할 정도니 차라리 사는 게 낫지 않나 생각이 든다.

"일단 조사해 봐야겠지?"

그렇게 혼자 중얼거리며 컴퓨터를 켜는 재현.

그는 마우스로 인터넷을 켜고, 검색창에 타자를 입력한다.

그가 검색한 것은 헌터총연합회.

헌터들의 모든 궁금증을 해결해 준다는 헌터총연합회의 홈페이지.

상당히 오랜만에 들어온 기분이다.

그간 홈페이지를 새로 꾸몄는지 더욱 깔끔하고 알아보기 쉬워지게 변했다.

재현은 헌터총연합회의 게시판에 들어가 차량을 검색해 보았다.

헌터들이 무슨 차량을 자주 이용하는지 알아보기 위함이었다.

게시글은 주로 스포츠카를 뽑았다는 내용이거나 차 한 대 새로 장만했다는 자랑 글이었다.

허나 '헌터라면 강력하게 추천하는 차량!' 이라는 제목이 보였다.

재현은 마우스 커서를 갖다 대고 클릭한다.

[헌터라면 강력하게 추천하는 차량!

여러분, 스포츠카도, BMW도 좋지만 그게 다 무슨 소용입니까?

어차피 사냥 갈 때는 트럭을 가져가야 많이 옮길 수 있는데. 그래서 강력하게 추천합니다. 바로 헌터 수송용 장갑차입니다!]

꽤 커 보이고 튼튼해 보이는 트럭의 사진도 같이 첨부되어 있었다.

크기를 비교한 사진도 함께 있었다.

재현의 트럭보다 두 배가 넘도록 커 보였다.

그런데 두꺼운 장갑이 있다고 하기에는 여느 트럭과 다를 게 없어 보였다.

[보시다시피 두꺼운 장갑으로 이루어진 헌터 수송용 장갑차는 몬스터들 무리에 돌진할 때 안전을 확실하게 보장시켜 줍니다.

트롤의 공격에도 충분히 버틸 만큼 강합니다.

한번 믿고 써 보세요.

현재 마스터 헌터와 헌터 길드의 마스터들도 성능을 보고 바로 주문했습니다.

파티의 안전을 위한 투자라고 생각하시면 괜찮을 것 같습니다. 특별 제작도 가능하다고 하니, 취향에 맞게 제작도 할 수 있다고 하네요!

참, 두꺼운 장갑은 도색 처리를 해서 별로 티가 나지 않습니다. 도색이 벗겨져도 녹이 슬 걱정도 없습니다.

겉으로만 봐도 조금 개성이 있는 걸로 보입니다. 직접 확인도 시켜 준다고 하니 한번 가 보는 것도 나쁘지 않을 것 같네요.]

확실히 수송용 장갑차치고는 무식하게 보이지 않았다.

장갑차라고 해서 군에 흔히 있는 그런 장갑차로 생각이 들지도 모르지만, 확실히 차이가 있다.

겉모습부터 차이가 있지만 대체로 일반 버스와 흡사하게 생겼다.

다만 후방에 문이 내려오는 것은 비슷하다고 볼 수 있다.

모르는 사람이 봤더라면 개성 넘치는 차로 볼 정도다.

재현은 스크롤을 내려 댓글을 보았다. 이 게시글을 보고 직접 사 본 사람이 평가를 남겼을 가능성이 있기 때문이다.

[광고 자제요.]

[여긴 홍보하라고 게시글 올리는 곳 아닙니다.]

[이거 저도 써 봤는데 괜찮아요! 믿고 써 보세요!]

[ㄴ여기 댓글 알바생 등장함ㅋㅋㅋ.]

물론 그렇지 않은 댓글도 있었지만…… 조금 더 내려 보니 사용 후기 같은 것도 있었다.

[제가 봤을 때도 괜찮아 보이긴 하더군요. 장갑도 두껍고. 하지만 너무 비싸더군요. 그냥 일반 트럭 사는 게 훨씬 나을 듯싶습니다.]

[저희 길드도 하나 마련했습니다. 비싸다는 게 역시 문제긴 하지만…… 그 값은 톡톡히 하고 있습니다.]

[편하긴 편합니다. 헌터가 사냥하러 간 사이 몬스터들이 차량을 들이받아도 걱정하지 않아도 되고요. 비싼 스

포츠카가 망가지는 것보다 나으니까 차라리 이걸 추천합니다.]

꽤나 괜찮은 평들이 올라와 있었다.

재현은 꼼꼼히 이를 확인하고, 헌터 수송용 장갑차를 제작하는 회사를 검색, 면밀히 조사해 보기로 했다.

* * *

이것저것 알아본 결과, 헌터 수송용 장갑차는 마스터 헌터와 길드에서 운용하는 경우가 많다고 한다.

마스터 헌터들은 강한 몬스터들 때문에 자가용도 튼튼해야 한다고 한다.

헌터 길드 같은 경우에는 같은 길드원들끼리 파티를 짜 사냥을 가는 경우가 많으며 길드용 의뢰를 맡는 경우도 있다고 한다.

길드용 의뢰는 일손이 많이 필요한 경우, 불특정 다수가 아니라 길드원 전체가 함께하는 의뢰를 말한다.

대부분 몬스터 토벌에 길드용 의뢰를 넣고는 한다.

어쨌거나 재현은 튼튼한 차량이 필요하다고 느껴 곧바로 업체를 찾아갔다.

업체는 시끄러운 기계 소리로 가득했고, 분주했다.

그가 공장에 들어오자 근무복을 차려입은 누군가가 다가왔다.

“여긴 무슨 일로 오셨습니까?”

비교적 주위가 시끄러워 목소리를 크게 내는 근무자. 재현도 크게 말했다.

“장갑차를 만든다는 말을 듣고 왔습니다!”

“아, 그렇다면 잘 찾아오셨습니다! 혹시 미리 예약하셨거나, 주문을 하셨습니까?”

“아뇨! 구입하기 전 자세히 알아보려고 찾아온 겁니다!”

근무자는 알겠다는 듯 고개를 끄덕이더니 손가락을 가리킨다.

“저쪽으로 가면 상담할 수 있으니 그쪽으로 가 보세요!”

“감사합니다!”

기계가 돌아가는 소리로 가득했던 건물과 반대편에 있는 건물을 가리켰다.

재현은 근무자에게 감사의 인사를 하고 알려 준 건물로 향했다.

건물 앞까지 도착하자 커다란 현판이 보인다.

2034년, 헌터 수송 차량 세계 1위 우수 업체 선정!

그 외에도 다양한 것들에 선정되었다고 기념비처럼 걸려 있다.

그는 잠시 멈췄던 걸음을 옮겼다.

소음이 장난 아니라 방음벽을 설치한 모양인지 그 시끄럽던 소리가 건물에 들어오기 무섭게 조용해졌다.

이 건물은 비교적 온화한 분위기였다.

재현이 건물에 들어오자, 카운터에 앉아 있던 사원이 그를 맞이한다.

"어서 오세요. 무슨 일로 찾아오셨죠?"

"다름이 아니라 장갑차에 대해 알아보려고 왔는데요. 상담받고 싶어서요."

"잠시만 기다려 주세요."

사원은 수화기를 들고 번호를 누르며 어딘가로 전화를 걸었다.

"손 과장님. 손님이 오셨습니다. 상담을 받으러 온 것 같습니다. 예, 알겠습니다."

전화는 엄청 짧았다. 수화기를 내려놓은 사원이 다시 말을 이었다.

"3층의 영업팀에 가서 손석준 영업 과장님을 찾아가세요."

"예, 알겠습니다."

재현은 계단을 통해 3층으로 올라갔다.

3층에 올라와 영업팀을 찾았다.

친절히도 안내도가 벽면에 붙어 있어 찾는 건 어렵지 않았다.

영업팀은 컴퓨터 앞에 앉아 분량을 조사하고 전화를 하는 데 분주했다.

그가 가만히 서 있자 누군가 그에게 다가왔다.

"혹시 이번에 장갑차에 대해 상담받고 싶다던 분이십니까?"

40대 후반에서 50대 초반 사이로 보이는 중년의 남성이 그에게 다가온다.

재현은 고개를 끄덕였다.

그는 재현을 소파로 안내했다. 그가 손석준 영업 과장인 모양이다.

영업 과장은 자판기 커피를 뽑아 그의 앞에 내려놓았다.

"근데 무슨 일로 이곳에 찾아오셨습니까?"

"끌고 다니던 트럭이 몬스터에게 파손됐거든요. 워낙 구식 트럭이라 부품도 없다고 하기도 하고, 앞으로 이런 일이 없으리란 법도 없고, 바꿔야겠다고 생각도 해 봤었고요."

"그렇다면 잘 찾아오셨습니다. 우리 회사는 내구성이

확실한 차량을 생산하고, 납품합니다."

영업 과장은 자신이 몸담고 있는 회사에 대한 설명을 쭉 해 주었다.

실은 이곳은 군용 무기를 만들던 회사로, 전차, 자주포, 장갑차를 만들던 회사라고 한다.

지금은 헌터 전용 수송 장갑차를 전문적으로 생산하는 회사로 업종을 변경했다고 한다.

그렇기에 내구성은 의심하지 않아도 된다고 한다.

정 의심스러우면 직접 보여 주겠다고 할 정도니 믿는 구석이 있는 것 같다.

영업 과장의 말을 들어보면 자신의 회사에 대한 자부심이 대단한 것 같았다.

그의 말을 들으면서 재현은 몇 번 감탄하기도 했다.

금속에 문외한인 사람이 많아 보여줘도 모르겠지만, 재현은 메타리엔이 있다.

메타리엔이 잠깐 둘러보는 것만으로도 정말 큰소리칠 만한 것인지 한눈에 알아볼 것이다.

'애초에 그 내구성이 의심스러웠으면 다른 길드나 마스터 헌터들이 사지 말라고 했겠지만.'

문외한인 사람이 많다고 아예 없는 것은 아니다.

헌터계는 넓다. 그중 금속에 대해 잘 아는 사람이 아예 없지는 않을 것이다.

금속을 다루는 초능력자도 있으니까.

그래도 혹시 모르니 직접 확인하는 것도 나쁘지는 않을 듯하다.

영업 과장은 그의 눈치를 알아챘는지 자리에서 일어났다.

직접 확인시켜 주겠다는 듯 보인다.

재현은 영업 과장의 뒤를 따라 이동했다.

그들이 이동한 곳은 아직 납품하지 않고 대기하고 있는 차량들이었다.

재현은 메타리엔을 소환했다.

갑작스럽게 또 다른 생명체가 나타나자 놀란 영업 과장이었다.

그러나 헌터들은 듣도 보도 못한 능력을 사용한다는 걸 알기 때문에 그중 한 가지겠거니 하고 이해해 버렸다.

"메타리엔, 확인해 줄래?"

메타리엔은 졸린 눈으로 고개를 끄덕이더니 장갑차들을 꼼꼼히 확인했다. 그리고 몇 분 후, 메타리엔이 다가와 그에게 장갑차의 내구성을 알려 주었다.

"이 정도면…… 트롤의 공격에도 끄떡없을 거야. 특수 합금이 많이 들어갔어…… 상당히 흥미로워……."

영업 과장의 말은 사실로 드러났다. 이것뿐만 아니라

다른 것들도 같은 내구성을 지니고 있다고 한다.

메타리엔이 흥미로워할 정도면 확실하게 인정했다는 소리다. 재현이 태클을 걸거나 할 수 없었다.

"의심할 여지는 없는 것 같네요. 제가 금속을 다루는 정령을 다루는 헌터라서요. 정령이 인정할 정도니 얼마나 뛰어난 내구성을 지녔는지 의심하지 않아도 되겠네요."

"하하. 저 정령이란 것이 자신 있게 이것저것 살펴본 것을 보고 대충 눈치챘습니다. 저희 회사는 항상 헌터들의 안전을 염두에 두기 때문에 최고의 것들만 생산하죠. 조금이라도 기준 미달이 되면 납품하지 않습니다."

여기저기 돌아가면서 다른 기종도 보여 주었다.

그때마다 메타리엔은 확인했고, 결과적으로 이곳에 있는 모든 것들의 성능은 의심하지 않아도 된다는 평가를 받았다.

건물에 들어왔을 때, 헌터 수송 차량 세계 1위 우수 업체 선정이라는 것이 붙어 있는 게 괜히 있는 게 아니란 걸 알 수 있었다.

이곳이 가장 작은 규모고, 전국에 몇 개나 더 있으며 해외에도 수출할 정도라고 하니 놀라움의 연속이다.

그렇게 한동안 빙 둘러본 재현은 다시 영업팀의 소파에 앉았다.

"그럼 구입하도록 하죠."

"예, 알겠습니다. 몇 대를 구입하시겠습니까?"

"한 대요."

어차피 혼자 사용할 거니 당연히 한 대다.

"알겠습니다."

영업 과장이 메모를 한다.

"아, 그런데 어느 길드 분이신지요?"

최근 길드에서도 몇 대 구입하고 있어 길드를 물어보는 영업 과장.

어떤 길드에서 구입하는 건지 알면 더욱 쉽게 차를 운송해 줄 수 있기에 물어본 것이다.

재현은 이를 대답해 주었다.

"딱히 길드는 안 들었습니다. 제 개인용 차량으로 쓸 겁니다."

"아, 그렇습니까?"

영업 과장은 재현을 뚫어지게 바라본다.

재현처럼 개인용으로 쓰려는 사람이 없잖아 있지만 드문 탓이다.

'실력 있는 헌터인 모양이지.'

그것까지 꼬치꼬치 캐물을 생각은 없다.

구입하겠다고 의사를 밝혔으니 자신은 계약서 작성에

필요한 것만 적으면 된다.

"어떤 기종으로 하시겠습니까? 특별 제작도 가능합니다. 단 특별 제작을 할 시 가격이 더 붙습니다."

원래 기종대로 하면 가격이 더 붙거나 하지 않지만, 특별 제작을 하면 내구성이 크지는 않지만 변할 수 있다는 말도 덧붙였다.

"아, 그럼 특별 제작으로 부탁드립니다. 뒤 칸에 사람들이 앉는 의자를 모두 없애 주시고, 트럭처럼 만들어 주세요. 가능한가요?"

"가능합니다."

그렇게 한동안 순조롭게 대화를 주고받고 모든 것이 끝난 후, 가격을 알려 주었다.

"그럼 합쳐서 35억 원입니다."

"……예?"

"35억 원입니다."

혹시 자신이 잘못 들었나 귀를 의심했다. 하지만 그는 다시 35억이란 말을 되풀이할 뿐이었다.

'35억 원이 무슨 껌값도 아니고…….'

재현이 한 달 동안 죽어라 사냥하면 어떻게든 모을 수 있는 돈이다. 하지만 그래도 벌기 쉽지 않은 것은 확실하다.

'장갑차라는 단어가 붙을 때 10억 원 이상은 예상했지만, 설마 30억 원이 넘을 줄이야…….'

이건 자세한 가격을 안 알아보고 온 재현의 실수다.

"아, 혹시 가격은 알아보지 않고 오셨는지요?"

"비싸다는 것만 나와 있지, 자세한 가격은 안 나와 있어서요."

영업 과장은 침음을 흘린다. 가격까지 안 알아보고 오는 사람은 태어나서 처음이었다. 이런 사람이 아주 없는 것도 아니지만, 보기 드문 건 확실하다.

"이렇게까지 비싸리라고는 예상 못 했거든요."

한 달간 고생만 하면 어떻게든 벌 수 있는 가격이다.

오늘도 한 건 따내나 싶었는데 그냥 돌려보낼 수도 있으니 허무한 기분도 든다. 그의 심중을 알았는지, 재현이 이어 말했다.

"그래도 한 달의 기간이 있으면 충분히 낼 수 있는 돈이긴 한데 왜 이렇게 비싼 거죠?"

영업 과장은 이에 대해 자세히 설명해 주기로 했다. 구매자의 이해를 돕는 것도 그의 몫이었다.

영업 과장은 장황하게 설명하기 시작한다. 그것을 요약하면 이러했다.

전쟁용의 장갑차는 두터운 장갑을 가지고 있고, 각종

무기를 탑재한 말 그대로 병기이다.

그런데 이것들의 가격은 본래 대당 30억 원에서 비싸면 50억 원까지도 간다고 한다.

대표적으로 스트라이커 장갑차 시리즈가 그런 형태인데, 자기들은 그런 장갑차를 수송용으로 개조하고 무기를 떼어 내어 적재량과 운송량을 더 보강한 제품이라고 한다.

무기를 떼어 냈지만 수송 용량을 늘이기 위해서 가격은 32억 원이나 된다고 한다.

다만 특별 제작은 기존의 기종과는 다른 형태로 만들어야 하기 때문에 3억 원을 추가로 받는다고 한다.

'그래도 일단 한 대 뽑으면 트롤을 만나기 전까지 몬스터의 공격에 끄떡도 없다는 소리지?'

거기다 수송 용량도 꽤 된다. 몇 번 왕복할 것을 이 한 대로 한 번만 가면 된다.

당장은 비싸서 망설여지긴 하지만, 나중에는 빛을 발휘하게 될 것이다.

특별 제작이라고는 하지만, 내부 엔진이나 부품들은 크게 달라지지는 않을 테니 설사 고장나더라도 수리는 가능하다.

"12개월 할부도 가능합니다."

12개월이라고 해도 한 달에 3억 원이 든다는 건 변함이 없다. 그러나 재현은 조금이라도 더 싸게 살 수 있는 방법을 떠올렸다.

"제가 금속을 조달하면 얼마나 값이 싸집니까?"

바로 금속을 조달하는 것! 그에게는 금속의 정령인 메타리엔이 있다.

메타리엔이 있다면 자신이 원하는 금속을 금방 찾아내 조달할 수 있을 거라 생각한 것이다.

필요한 금속 값을 들이지 않아도 되니 싸질 거라 생각했지만, 영업 과장은 고개를 젓는다.

"그래도 소용이 없습니다. 금속을 조달해 주신다 하더라도 결국 가공을 해야 하는데, 그러면 제작하는 동안 이곳에 계셔야 하지 않습니까."

"어……."

계속 이곳에 있어야 하면 재현도 손해다. 그동안 사냥도 못 하니 벌 수 있는 돈도 못 번다는 소리였다.

결국 어찌 되었든 값을 싸게 만드는 건 불가능한 소리였다.

그럼 어떻게 해야 하나 고민하고 있을 때, 영업 과장이 미처 말해 주지 못한 것이 생각났다.

"아, 지금 당장 대금을 치르시지 않아도 됩니다. 제작 기간 동안 그 정도 돈을 벌 수 있으면 괜찮습니다. 실제로 대금은 차량이 만들어지고, 운송되기 직전 받으니까요. 설사 못 벌었다 하더라도 할부를 요청하셔도 됩니다."

확실히 비싼 만큼 뭔가 배려해 준다는 느낌이 들었다. 누가 봐도 부담되는 가격이니 당장 내놓으라고 하지 않는 것이다.

사냥을 하던 도중에 사고가 일어나도 할부를 해 준다고 하니 나쁘지 않았다. 그렇다 해도 억 단위로 받아가긴 하지만, 나쁜 일은 아니었다.

"그럼 제작 기간은 얼마나 걸리죠?"

"약 한 달로 예상하고 있습니다. 아무래도 특별 제작이니 시간이 좀 오래 걸릴 것 같습니다."

한 달. 딱 괜찮은 시기다.

한 달 동안 빡세게 사냥만 하면 35억은 어찌어찌 만들 수 있을 것 같았다.

"그럼 그렇게 해 주세요."

"예, 그럼 계약금은 1억 원입니다."

계약금마저 폭탄 같았지만, 1억 원은 당장 지불할 여력이 있기에 재현은 망설이지 않고 계약을 성사시켰다.

*　*　*

위태롭게 덜덜 떨리는 트럭을 타고 다시 집으로 돌아온 재현은 사냥 준비를 하고 있었다.

35억 원.

그가 한 달 내로 벌어야 하는 돈이다.

지금 수중에는 2억 원이 넘는 돈이 있다.

이대로 킬러 엔트를 사냥하면 금방 벌어들일 수 있는 돈이었다.

"헌터가 돼도 돈에 쫓기는 건 똑같구만! 언제나 돈, 돈, 돈! 그놈의 돈!"

없으면 없는 대로 돈을 벌려고 돈에 쫓기고, 있으면 그만큼 쓰게 되니 돈에 쫓긴다.

여유로워졌어도 바쁘게 지내는 건 예나 지금이나 마찬가지인 것 같았다.

그는 간단하게 라면으로 끼니를 때웠다.

최근 유복해지면서 라면이 질려 거의 입에도 안 댔는데, 간단하게 끼니를 때울 때는 라면이 최고였다.

거기다 오랜만에 라면을 먹으니 또 이게 먹을 만했다.

라면은 오랫동안 먹었어도 어떻게든 맛있는 요리인 모양이다.

그는 예전처럼 야영하면서 사냥할 생각으로 짐을 무겁게 쌌다.

라면, 쌀, 요리기구 등. 챙길 수 있는 건 죄다 챙긴다.

빠뜨린 물건이 없는지 확인한 후, 나가려고 할 때였다.

자신의 주머니에서 시끄럽게 휴대폰 벨소리가 울리기 시작했다.

"아, 바빠 죽겠는데 눈치 없이 전화하는 건 도대체 누구……."

그가 휴대폰 액정을 바라보자, 떠 있는 건 윤정이었다.

재현은 말을 쏙 집어넣었다.

윤정이라면 얘기는 다르지, 하고 생각한다.

윤정의 전화라면 사냥 도중이라도 받을 생각이 있다.

그는 최대한 자상한 목소리로 전화를 받았다.

"예, 윤정 씨."

[재현 씨. 혹시 바쁘세요?]

"아뇨, 전혀 안 바빠요."

사실 시간에 쫓기는 형편이지만, 확실히 지금은 사냥 중이거나 하지 않으니 바쁜 건 아니다.

[궁금한 게 있어서요.]

궁금한 게 있으면 못 참는 윤정이다. 또 헌터에 관련된 건가 생각하며 재현은 무슨 대답이든 해 줄 준비를 마쳤다.

[혹시 운디네의 치료수는 외상만 다스릴 수 있는 건가요?]

다른 게 아니라 그녀가 궁금했던 것은 치료수였던 모양이다.

재현이 치료수를 만들 수 있는 정령사이니 치료수에 대해 잘 알고 있다 생각한 것이다.

전부 알지는 못하지만 재현은 아는 것에 대해서는 설명해 주었다.

"아뇨. 병도 고칠 수 있어요. 감기, 아토피, 천식에도 예방이 된다고 알고 있어요. 또 피로 회복에도 도움이 된다고 하더라고요. 잔병들은 어지간하면 치료수로 완쾌할 수 있을 거예요."

[그것뿐인가요?]

"정령력을 들이면 더 큰 병도 다스릴 수 있지 않을까요?"

[물의 정령은 치료수만 아니라 직접적인 능력으로도 치유가 가능하다고 들었는데 사실인가요?]

이에 대한 것을 재현은 처음 들었기에 옆에서 통화를 듣고 있던 운디네를 바라보았다. 운디네는 고개를 끄덕였다.

"지금은 무리야. 하지만 중급 정령이 되면 가능해."

"하급 정령인 지금은 안 되지만, 중급 정령이 되면 가능하다고 하네요."

[그렇군요…….]

힘이 빠진 목소리를 내는 윤정. 재현이 물었다.

“왜요? 혹시 무슨 일 있어요?”

[아, 아뇨. 아무것도 아니에요. 그냥 공부하다가 궁금한 게 생겨서요. 바쁘실 텐데 전화해서 미안해요.]

그리고 황급히 전화를 끊는 윤정.

재현은 가만히 서서 수신 종료된 휴대폰 액정을 바라본다.

방금 물어봤을 때 말을 더듬은 것을 곱씹으며 재현은 고개를 갸웃거린다.

“정말 무슨 일 있나?”

아무것도 아니라고 하지만 수화기 너머로 들려오던 그녀의 목소리는 힘이 없었다.

재현은 말하기 곤란한 거라도 있었겠지 생각하며 다시 짐을 챙긴다.

이제부터 35억을 향한 사냥의 시작이다.

Chapter 04
35억을 향한 사냥

사냥은 함정으로 시작해, 함정으로 끝난다는 말이 있다.

재현은 그 말의 의미를 잘 알고 있으며 자주 애용하는 편이다.

그는 킬러 엔트의 굴 주위에 함정을 여러 개 설치하고, 한곳을 중심으로 사냥을 계속했다.

킬러 엔트의 굴까지 들어가기에는 무리여서 굴 밖에서 녀석들을 사냥하는 것이다.

언제 무너질지도 모르고, 보이지도 않는 녀석들의 굴에 들어가서 사냥하는 것보다 차라리 지상에서 싸우는 게 훨씬 낫다고 생각하는 것이다.

녀석들을 유인하는 건 그다지 어렵지 않았다.

녀석들이 먹을 만한 몬스터의 시체를 함정에 놓아두면 끝이다.

그렇게 하면 녀석들이 바로 걸려들었다.

"녀석들의 경계심이 날이 갈수록 심해지네."

재현이 사냥을 너무 자주해서 녀석들의 동료들이 계속 사라지니 경계가 강화되었다.

녀석들의 움직임이 매우 조심스럽다 못해 신중하다.

지능이 있는 녀석들이니 동료들이 사라지는 숫자가 많아지자 신중히 행동하고 있는 것 같다.

예전 같았으면 무리에서 떨어져 나오는 녀석들이 한 마리쯤은 나왔다.

허나 지금은 찾아보기가 너무 어렵다.

함정에 걸리는 숫자도 적어졌고, 이젠 열 마리 이상 무리를 이루고 있다.

결국 재현은 무리를 해서라도 녀석들을 잡기 시작했다.

한 번 사냥하면 두 번은 왕복해야 할 정도로 녀석들은 떼로 뭉쳐 다녔다.

다른 헌터가 가지고 갈 것을 대비해 노움의 도움으로 녀석들을 묻고, 다시 꺼내 옮기는 방법을 썼다.

사냥이 빨라지고, 많이 잡아서 좋긴 하지만, 그만큼 재현도 많이 지쳤다.

한 번 사냥할 때마다 힘을 쏟아 부어야 하니 당연한 결과일지도 모른다.

"킬러 엔트는 그만 사냥해야겠군."

녀석들의 수가 급감하는 걸 체감하고 재현은 다른 몬스터를 사냥하기로 했다.

킬러 엔트가 돈이 되긴 하지만, 개체 수가 너무 줄어들어도 문제다.

무차별적으로 몬스터를 잡다가 전멸하기라도 하는 날에는 다른 지역에 다른 몬스터가 생길 수도 있으니까.

그래서 재현이 선택한 몬스터는 고블린 솔저들이다.

고블린 솔저는 공식 명칭이 아닌 여러 부류를 합쳐 말한 것이다.

고블린 랜서, 고블린 워리어, 고블린 아처.

그 외에도 고블린 라이더 등 다양하게 있다.

녀석들은 다양한 종류로 뭉쳐서 주위를 정찰하고 다닌다.

재현이 최근 킬러 엔트를 사냥해 녀석들의 수가 늘어나고 있었다.

이것도 놔두면 놔두는 대로 문제가 되기 때문에 반드시 개체 수를 줄여야 했다.

이름: 고블린 워리어

종류: 고블린과

등급: D

-검과 방패를 든 고블린이다. 간단하게나마 무장하여 방어력을 높였다. 전방에서 적에게 맞서는 역할을 한다. 독침을 항시 휴대하며 유사시, 단검을 날리기도 한다. 치고 빠지는 게릴라 전술까지 구사할 줄 아는 영악한 몬스터다.

이름: 고블린 랜서

종류: 고블린과

등급: D

-창을 든 고블린이다. 단창과 자신의 키보다 긴 창을 휴대한다. 단창은 적이 근접할 때 투척하기 위한 투척용 창이며 대비를 하지 않은 적에게 초기에 치명상을 입힌다. 현란한 창술과 기습적인 공격은 혼을 쏙 빼놓는다. 체구가 작고, 힘이 약하다고 무시했다간 큰일 날 수 있으니 주의 요망. (Tip. 원거리에서 공격하면 큰 타격을 입힐 수 있다.)

이름: 고블린 아처

종류: 고블린과

등급: D

-후방에서 적에게 화살을 날리는 가장 상대하기 까다로운 몬스터다. 화살촉에 마비 독을 묻혀 사용하기도 한다. 유일한 근접 공격 수단은 돌도끼뿐이다. (Tip. 마비 독은 강한 편은 아니지만 장시간 전투를 치르면 몸을 못 움직이게 되니 독에 중독되면 즉시 후퇴할 것을 권고함.)

"어지간히도 까다로운 녀석들을 만났군."

재현의 눈앞에 있는 것이 바로 이런 녀석들이었다.

이제 어느 정도 등급이 높은 녀석들을 위주로 잡다 보니 상대하기 까다로운 몬스터들이 나오기 시작했다.

C급으로 가면 이보다 더한 녀석들도 나올 텐데, 벌써부터 걱정이 앞선다.

하지만 녀석들이 무리를 지어 다니는 수는 열 마리가 기본이었다.

고블린 워리어가 셋, 고블린 랜서가 셋, 고블린 아처가 넷.

시간이 다소 걸릴지 몰라도 충분히 상대할 만한 숫자였다.

재현은 망설이지 않고 검과 지팡이를 쥐고 녀석들에게

달려든다.

고블린 아처가 먼저 달려드는 재현을 보고 화살을 날렸다.

그에게 힘차게 날아오는 화살. 그러나 녀석들의 화살은 허무하게 튕겨져 나갔다.

티타늄 로브는 녀석들의 공격이 전혀 통하지 않는 것이다.

녀석들이 공격할 만한 곳은 단지 머리와 목뿐이다.

그나마 이마도 보호대를 꽉 졸라맸다. 녀석들이 노려야 할 곳은 목뿐이다.

"노움, 고블린 아처에게 어스 트랩(Earth Trap)!"

노움의 손이 움직이자, 고블린 아처들의 지면이 푹 꺼지기 시작한다.

녀석들은 깜짝 놀랄 새도 없이 땅속으로 사라졌다.

그렇게 깊이 파이지는 않아 떨어져 죽거나 하지 않겠지만, 올라올 수는 없을 것이다.

녀석들의 화살이 가장 신경 쓰일 수밖에 없다. 근접에서 공격하는 녀석들보다 원거리에서 계속 공격을 지원해 주니 먼저 손을 쓴 것이다.

슝슝슝!

고블린 랜서들이 쥐고 있던 투척용 단창을 힘껏 그에게 던졌다.

일자로 날아드는 단창. 두 개는 아슬아슬하게 빗나갔다.

나머지 하나는 정확히 그의 복부를 가격했다.

그러나 그것도 화살과 마찬가지로 튕겨져 나갔다.

"간지럽지도 않다. 라이트닝 볼!"

재현은 썬더러로 녀석들에게 고압 전류를 흘려보내자 두 녀석이 경련하며 쓰러진다.

한 녀석은 운 좋게 범위 밖에 있어 무사할 수 있었다.

고블린 워리어 세 마리와 고블린 랜서 한 마리. 총 네 마리가 그에게 달려든다.

고블린 워리어는 방패를 앞세워 돌진하고 있다.

이대로 힘으로 밀어내거나 주위를 에워싸 공격을 하지 못하게 하려는 것이다.

재현은 녀석들의 의도대로 해 줄 사람이 아니었다.

녀석들은 영악하기로 악명이 자자하다.

호기심에 녀석들이 어떻게 나오는지 보다간 어떤 화를 입을지 모른다.

"운디네, 수중감옥!"

재현은 가장 앞서 달려드는 고블린 워리어 한 녀석을 수중감옥으로 가뒀다.

이렇게 또다시 한 마리가 전투에서 빠지고, 세 마리가 남는다.

녀석들은 뒤늦게 진형을 갖추지만, 너무나도 취약해 보여 눈물이 날 정도다.

어느 정도 인원을 맞추면 괜찮을 것 같지만 너무 늦었다.

"메타리엔, 아이언 월."

강철로 이루어진 벽이 생성되며 녀석들의 앞을 가로막는다.

재현은 벽을 향해 달려갔다.

녀석들은 옆으로 빠져나오는 동안 진형이 무너져 있었다.

한 녀석이 먼저 나타나기 무섭게 재현은 발을 힘껏 들어올려 턱에 적중시킨다.

뒤에 있던 고블린 랜서가 그의 목을 향해 창을 찌르려 했다.

하지만 재현은 쥐고 있던 지팡이로 녀석의 창을 옆으로 쳐 내고, 검을 녀석의 복부에 쑤셨다.

"이런."

검을 뽑으려고 했지만, 한번 몸 깊숙이 파고든 검은 쉽게 빠지지 않았다.

녀석의 뼈에 걸린 것 같았다.

재현은 재빨리 검에서 손을 뗀다.

잠깐의 틈으로 마지막 남은 고블린 워리어가 점프하며 방패를 이용해 그의 얼굴을 후려친다.

다행히 재빨리 고개를 돌려 이마에 있는 보호대로 받았기에 기절이나 머리뼈가 함몰되는 것은 막을 수 있었다.

그의 코에서 주륵 하고 뭔가 흘러나온다. 뜨겁고 붉은 피였다.

확!

가슴에서부터 뭔가가 확 올라왔다. 그는 불쾌한 시선으로 녀석을 바라본다.

방금 전 공격에서 방패가 아닌 검으로 공격했다면 치명상을 입었을 것이다.

그는 코피를 대충 소매로 닦아 내며 녀석을 더욱 무섭게 노려본다.

방패로 목숨은 부지할 수 있었으나, 그것은 녀석의 크나큰 실수였다.

"캬, 캭?"

잘못 건드렸다는 걸 눈치챈 녀석이 슬금슬금 뒤로 물러난다.

재현은 녀석이 도망치기 전에 재빨리 달려들어 넘어뜨린다.

팔을 무릎으로 누르고 위에 올라탄 재현이 주먹을 움켜쥔다.

"아프잖아. 이 녀석아. 맞으면 얼마나 아픈지 죽도록 맞아 봐라."

펵! 펵!

재현은 고블린 워리어의 얼굴을 집중적으로 때리며 분을 풀었다.

*　　*　　*

고블린은 체격이 작아 대체로 인간보다 약한 편이다.

아무리 일반인이라도 건장한 체격의 남성이 힘으로 달려들면 못 잡을 것도 없다.

다만 그것은 정면 대결일 때의 일이다.

영악하게 뒤에서 습격하고, 매복해 있다가 기습하며 함정까지 파 놓는 고블린들.

그것이 고블린들을 상대하기 가장 까다로운 이유이다.

재현은 녀석들이 설치한 올가미를 검으로 잘라내며 주위를 둘러본다.

다행히 고블린들이 보이지 않았다.

만일 근처에 고블린들이 있었더라면 이 정도로 안 끝났을 것이다.

"함정 더럽게 많네."

몬스터들이 없는 곳에서 다리가 올가미에 걸린 것뿐이

라 다행이다.

만일 올가미에 걸리는 순간 날카로운 뭔가가 날아들었으면 재현도 크게 다칠 뻔했다.

자신들을 습격하는 인간을 사냥하기 위한 게 아닌 몬스터나 짐승을 사냥하기 위한 덫이었을 뿐이다.

그는 가볍게 움직이며 몸을 풀었다.

장시간 움직였는데도 몸이 날아갈 듯 가뿐했다.

벌써 날이 어두워지려고 하자 재현은 사냥을 종료하고 트럭으로 이동한다.

그가 운전석에 앉았다.

거의 쉬지도 않고 계속 움직이며 자신이 설치한 함정을 둘러보고, 몬스터를 사냥했음에도 불구하고 전혀 피곤하지 않았다.

예전에는 잘 몰랐는데 최근 들어 그게 확실하게 느껴졌다.

전에는 좀 더 여유를 두고 사냥했어도 지친 몸으로 트럭을 운전했는데, 지금은 전혀 피곤하지 않았다.

목이 마를 때마다 치료수를 마시는 재현이다.

치료수가 피로 회복에 도움이 된다고는 하지만 이 정도로 효능은 못 본다는 걸 잘 안다.

'거기다 정령력이 왜 자주 날뛰는 거지?'

솔직히 걱정이 되었다. 최근 정령석을 만든다고 자신의 의지대로 조절이 가능해졌던 정령력이 멋대로 날뛸 때가 있었기 때문이다.

그럴 땐 부정적이든 긍정적이든 감정 조절이 쉽지 않았다.

오늘만 해도 그렇다. 방패에 머리를 맞았다고 욱 하고 올라와 고블린 워리어를 죽을 때까지 주먹으로 때려 댔다.

솔직히 사냥을 하면서 가끔 욱할 때는 있었다.

하지만 아무리 몬스터라도 주먹으로 죽을 때까지 패는 경우는 없었다.

"무슨 생각해?"

옆에서 지켜보던 썬더러가 그리 물었다.

재현은 이걸 말할까 말까 고민했다.

잠깐의 고민 후 정령력과 관련된 일이니 말하기로 했다.

"다름이 아니라. 감정 기복이 너무 커져서 말야."

"그래? 아주 드물게 있는 일이긴 했지만, 확실히 오늘은 유독 심하긴 했지."

썬더러가 별로 대수롭지 않은 듯 말하고 있었지만, 재현은 나름대로 고민이 되는 사항이다.

"그게 말야. 최근 가슴에서부터 뭔가 올라오면서 감정을 주체하기가 힘들어."

"그건 문제가 있는 거 같긴 하네. 구체적으로 어떻게?"

"화가 나면 화가 나고, 즐거우면 즐겁고. 그게 평소보다 더 심해졌다고 해야 하나? 작은 일이라도 좋은 쪽이든 나쁜 쪽이든 크게 반응하게 되는 것 같아."

"어……."

썬더러는 뭔가 짚이는 것이 있는 표정을 지으며 다른 정령들을 바라본다.

그의 머리 위에서 자고 있던 메타리엔의 옆에 조용히 앉아 있던 노움이 벌떡 일어났고, 메타리엔은 감았던 눈을 뜬다.

운디네는 멍하니 그를 바라보다가 물었다.

"그 외에는? 몸에 달라진 점이라든가."

뭔가 다들 심각한 표정을 짓자 솔직히 재현은 마음을 졸이고 있었다.

혹시 자신에게 뭔가 큰일이 일어난 건가 걱정이 되기도 했다.

설사 정말 잘못된 일이라도 다들 그에게 적절한 조치를 취해 줄 테니 다 말하기로 했다.

"몸에도 있어. 지금도 그렇고. 최근 몸이 좀 개운해졌다고 해야 하나, 가뿐해졌다고 해야 하나? 어쩐지 전보다 체력이 좋아진 것 같아서 말야. 간혹 몸에서 정령력이 제멋대로 움직이는데 이것 때문인 것 같아. 어떨 땐 그게 멋대로 내 몸을 타고 흐르는 것도 느껴져."

"정령력이 멋대로 움직인다고?"

"응. 정령력이 내 심장에 머물고 있다는 건 이미 알고는 있었는데, 일정량을 제외하면 심장에 머물지 않고 맥을 타고 이동하고 있어."

"그거 혹시……."

썬더러가 다른 정령들을 바라본다.

다들 멍한 표정으로 한동안 그렇게 가만히 있었다.

다들 심각한 표정이 되지는 않았지만, 뭔가 중요한 사항인 것 같았다.

재현은 자신도 모르게 침을 꼴깍 삼켰다.

'혹시 정령력이 멋대로 움직이는 게 엄청 큰일인 건가?'

확실히 자신의 의지가 아니고 멋대로 움직이는 것도 문제라면 문제일 것이다.

어쩌면 자신이 생각하는 것보다 큰 문제가 아닐까 걱정이 되기 시작했다.

그때 썬더러가 갑자기 기쁜 표정을 지으며 그의 뺨에 안긴다.

"축하해, 재현아."

"응? 뭐가?"

뜬금없이 축하한다고 하니 재현은 의아한 표정을 지을

수밖에 없었다.

다들 같은 표정이었다.

노움은 부끄러워하면서도 작게 속삭이듯 축하한다 말해줬다.

메타리엔은 고개를 끄덕이며 미소를 짓고 있었다.

썬더러가 과장되게 손을 벌린다.

"뭐긴 뭐야. 드디어 다음 단계로 발돋움할 여건이 마련됐다는 거지."

"다음 단계? 아, 중급 정령사 말이지?"

처음에는 중급 헌터라 생각했지만, 정령들이 말하는 것은 정령사의 단계라는 걸 깨달았다.

"정령력이 멋대로 몸속에 흐르고 있는 건 아마 정령력을 담을 수 있는 그릇이 넘쳐서 그런 걸 거야."

"정령력을 보유할 수 있는 크기도 존재해?"

"응. 그걸 정령력 탱크라고 부르는데, 크기는 사람마다 달라. 재현이는 정령력이 가득 차고 넘칠 만큼 충족된 상태라 그런 거야."

"넘치기도 하는구나."

편하게 정령력을 물이라 생각하고, 정령력 탱크를 물탱크라고 생각하니 참 이해하기 쉬웠다.

물탱크에 물을 가득 받아 놓았는데, 거기에 물을 더 들이부으면 넘쳐흐르는 건 당연한 이치다.

썬더러는 말을 이었다.

“그 넘친 정령력이 정령력 탱크에 가질 못하니 재현의 몸속을 돌고 돌아 재현을 심적, 육체적으로 변화시키고 있는 거야. 감정 기복이 좋은 것이든 나쁜 것이든 심하게 느껴지는 게 그 증거이고 말야.”

“정령력이 육체적으로 변화시키는 건 그렇다 치는데 심적으로 변화시키는 건 이해하기 힘드네.”

“정령력은 자연이야. 불처럼 뜨겁고, 물처럼 시원하고, 바람처럼 부드럽고, 대지처럼 딱딱하고, 얼음처럼 차갑지. 그 모든 것이 녹아 있는 힘이 체내에서 돌고 도니 심리에도 영향을 끼치는 거야.”

그런 심오한 뜻이 있었구나 생각하며 재현은 정령력에 내심 감탄한다.

정령력이란 자신이 생각하는 것보다 더 심오한 기운이 아닐까 생각한다.

“어쨌든 심각한 게 아니라 엄청 좋은 현상이란 얘기네?”

“응. 아마 당분간 감정 기복이 크겠지만, 중급 정령사가 되면 그릇이 더 커지니까 다시 괜찮아질 거야. 그리고 무엇보다 우리들 중 자연 친화력을 일정치 넘긴 정령을 중급 정령으로 만들 수도, 중급 정령을 소환해 계약할 수도 있어.”

중급 정령!

재현은 그 말을 듣고 자신도 모르게 감탄하고 말았다.

하급 정령보다 강력하고, 더 많은 기술을 구사할 수 있는 중급 정령을 자신이 부릴 수도 있다니.

꿈만 같은 일이 아닌가!

초급 헌터를 벗어나 중급 헌터도 쉽게 될 수 있다는 것이다.

중급 헌터가 된다는 것은, 지금은 넘보지 못하는 C급 몬스터도 잡을 수 있다는 얘기도 되었다.

다시 말해 출입할 수 없는 몬스터 출현 지역까지 갈 수 있게 된다!

잡을 수 있는 몬스터의 종류가 많아지고, 돈은 더 많이 벌 수 있게 된다!

다들 기뻐하며 지금 당장 축하 파티라도 열 기세인데, 운디네는 좀 다른 표정이었다.

"왜 그래?"

"아냐, 아무것도."

다들 좋아하는데, 유일하게 운디네만 조금 동떨어져 있는 표정이다.

'갑자기 중급 정령이 될 수 있다고 하니 긴장한 건가?'

확실히 운디네에게서 느껴지는 감정은 그것과 비슷하면

서도 다르다.

뭔가 복잡하게 꼬여 있었다.

'정령들은 중급 정령이 된다고 다 좋아하는 게 아닌가?'

정령들도 급이 오를수록 나름대로의 위치를 유지하게 된다고 하니 그 어깨가 무거워져서 그런 걸지도 모르겠다.

재현은 아무 말 하지 않고, 운디네가 생각을 정리할 때까지 잠자코 있기로 했다.

* * *

그로부터 3주가 지났다.

재현은 3주라는 기간 동안 23억 원이란 돈을 만들어 냈다.

고블린들을 사냥하고, 근처에 다른 몬스터가 돌아다니면 거의 싹쓸이하듯 잡아 냈다.

이젠 거의 다 잡아 더 이상 사냥하면 안 된다는 조치가 내려와 결국 다른 사냥터로 향했다.

덕분에 의뢰는 멋지게 성공했다.

거의 혼자서 쓸다시피 했기 때문에 의뢰금을 더 얹어 줘 재현은 싱글벙글해졌다.

그래도 아직 12억 원이란 돈이 필요했다.

12억 원.

정말 큰돈이다.

하루에 1억 원을 넘게 버니 억 대의 돈이 큰지 작은지 무감각해지긴 했지만 벌기 어려운 건 사실이다.

하루 종일 쉬지도 않고 사냥을 하고 트럭에 옮기고를 반복하는 걸 봤더라면 누가 봐도 극한 직업이라고 생각할 것이다.

재현은 의뢰와 사냥을 동시에 해결하며 돈을 조금이라도 더 벌고 있었다.

사냥을 그렇게 했는데도 정령력이 줄어들긴커녕 늘어나기만 했다.

계속해서 넘치는 정령력을 주체하지 못할 정도였다.

시간이 지날수록 쌓이는 친화력과 정령력.

하지만 재현은 다음 단계로 나아가지 못하고 있었다.

정령력이 충분한데 다음 단계의 벽을 허물지 못하는 건 깨달음의 문제라는 건 잘 알고 있다.

허나 그에게 깨달음을 얻을 시간은 거의 없었다.

하루 종일 하는 일이 사냥밖에 없기 때문이다.

가만히 휴식을 취하는 경우가 드물었다.

그가 휴식을 취하는 건 단지 식사 때와 잠을 잘 때가 전부다.

그 외에는 계속 움직였다.

몸을 아무리 무리시켜도 넘쳐흐르는 정령력이 그의 몸에 활력을 불어넣어 주었다.

이게 장점이라면 장점이고, 단점이라면 단점이다.

가만히 쉬고 싶다는 생각은 하고 있는데, 조금이라도 움직이지 않으면 몸이 근질근질거렸기 때문이다.

"좀 더 강한 몬스터를 잡아야겠네."

D급 몬스터들을 다 잡아 보니 이제 간에 기별이 오지 않을 정도였다.

몬스터들이 다가오기도 전에 무력화시키고, 각개격파하든가 아예 한꺼번에 휩쓸어 버리는 일이 종종 생겼다.

정령들과 많이 계약하면서 다양한 기술을 쓸 수 있게 된 것이 한몫했다. 그리고 그만큼 그가 강해졌다는 걸 반증하는 것이다.

그가 이번에 사냥하려는 몬스터는 마운틴 덕(Mountain Duck)이다.

산에 오르니 웬 오리와 비슷한 몬스터 세 마리가 있었다. 그는 조용히 풀숲에 숨어 녀석들을 확인했다.

이름: 마운틴 덕

종료: 오리과

등급: C

-강을 낀 산속에 둥지를 틀어 사는 오리이다. 주로 강에서 물고기를 잡아먹거나 곤충형 몬스터를 잡아먹는다. 일반적인 오리와 다르게 마운틴 덕의 부리는 쇠처럼 단단하며 이빨처럼 뾰족한 돌기가 나 있다. 목과 턱의 힘이 워낙 강해 부리를 가장 조심해야 한다. 몬스터 중 가장 온순한 녀석이지만 공격할 때는 그 어느 몬스터보다 흉포하다. 또한 보기와 다르게 기동성도 뛰어나다. (Tip. 선공만 하지 않으면 공격하지 않으니 위험하다 판단되면 조심스럽게 물러나면 된다. 시각과 청각이 매우 좋다.)

산에서 사는 오리. 생각해 보니 근처에 큰 강이 하나 있었다.

'마운틴 덕? 저게 그 녀석이었구나? 저 녀석의 털이 그렇게 따뜻하다고 들었는데 잘됐다.'

마운틴 덕 파카가 그렇게 잘 팔린다고 한다.

겨울을 날 때 녀석의 털로 만들어진 이불만 있으면 난로가 필요 없다는 말이 있을 정도니 말은 다한 셈이다.

키는 10살짜리 꼬마 아이 정도지만, 보이는 덩치는 오크보다 큰 녀석이다.

보이는 덩치라고 한 것은 털에 가려진 진짜 몸과 다르기 때문이다.

마치 펭귄처럼 털에 가려져 녀석의 몸은 뚱뚱해 보이지만, 사실 녀석은 홀쭉하다.

대부분이 털로 이루어져 있으니 그 양도 어마어마하다.

마운틴 덕 털을 죄다 밀면 스몰 사이즈의 파카 두 개를 만들 수 있다고 한다.

'다만 시기가 좀 아쉽군.'

꽃샘추위가 있긴 하지만 이제 슬슬 더워지는 시기라 팔아도 제값을 할 것 같지 않았다.

그래도 비싼 값을 하는 건 맞았다.

묵혀 뒀다가 가을이 되었을 때 파카를 대량 생산하는 공장에 팔면 돈을 꽤 만질 수 있을 것이다. 하지만 안타깝게도 시간은 그의 편이 아니었다.

지금 당장 돈이 필요하기 때문에 시기에 맞지 않는다 하더라도 어쩔 수 없이 녀석을 팔아야 한다.

많이 아쉬운 상황이지만 지금은 어쩔 수 없다.

지금 당장 돈 한 푼이라도 아쉬운 것은 재현이기 때문이다.

그래 봤자 얼마나 가격이 하한가로 내려가겠냐고 스스로 그렇게 위로하기로 했다.

재현은 몰래 녀석을 기습하기 위해 숨어서 지켜봤지만,

녀석들은 어째서인지 그가 있는 방향을 주시했다.

'뭐야, 들킨 건가?'

재현은 혹시나 싶어 조심스럽게 이동했다.

그가 이동하는 곳을 따라 녀석의 고개가 돌아간다.

숨어서 지켜보고 있다는 걸 들킨 것이다.

청각과 시각이 좋다는 게 괜히 정보에 있는 게 아니었다.

결국 재현은 자리에서 벌떡 일어났다.

어차피 들킨 거 더 이상 숨어 봐야 의미가 없기 때문이다.

녀석은 쭉 재현을 주시한다.

녀석들은 자신을 보고 경계는 해도 먼저 공격하지 않았다.

재현은 C급 몬스터를 본격적으로 사냥하기에 앞서 천천히 녀석의 주위를 돌아다닌다.

시선을 절대 자신에게서 떨어뜨리지 않는 녀석들.

생긴 건 모든 걸 다 뜯어먹을 것 같아 보이면서 성격은 참 온순하다.

이게 녀석들에게 치명적인 약점이라 볼 수 있다.

'공격이 빗나가지 않는 이상 녀석들은 공격을 먼저 받고 시작한다는 거겠지?'

재현은 혹시나 싶어 녀석들의 다리를 바라본다.

타조처럼 튼실한 다리의 발에는 물갈퀴가 있었다.

물 위에서 수영을 하기 위한 물갈퀴이다.

산에서 뛰어다니기 좋아 보이지는 않는다.

그렇다면 승산은 자신에게 있다 파악하고서 재현은 몰래 녀석들 뒤에 배치해 둔 운디네에게 소리쳤다.

"운디네, 주위를 물바다로 만들어 버려!"

근처에 강이 있어서 물을 대량으로 퍼 올려 압축했던 게 많은 도움이 되었다.

물이 녀석들에게 폭포처럼 쏟아진다.

녀석들은 하늘에서 물이 쏟아지는데 피하지 않았다.

피할 시간이 없던 것인지 별다른 위협이라 느끼지 못한 건지 모르겠다.

녀석들은 여유롭게 물에 젖은 털을 날개를 쫙 펼치고 몸을 흔들어 털어 냈다.

강에서 헤엄도 치는 녀석들이니 물에는 익숙한 것이다.

거기다 공격도 아니니 피해가 있을 리 만무했다.

허나 녀석들은 이걸 공격으로 받아들였다.

녀석들이 재빨리 재현에게 달려들려고 했으나, 녀석들은 어째서인지 특유의 기동성을 살릴 수 없었다.

어떤 녀석은 진흙에 엎어지기까지 했다.

재현이 물을 쏟아낸 건 당연히 녀석들에게 좋자고 한 게 아니다.

"어때, 발이 미끄러우니까 당황스럽지?"

바로 녀석들이 재빠르다는 걸 알고 있기 때문에 일단 기동성을 줄인 것이다.

녀석들의 발에는 물갈퀴가 있다.

지상에서도 나름대로의 기동성이 있는 녀석들이지만 이런 진흙에서 녀석들의 물갈퀴는 기동성을 반감시킨다. 미끄럽게 만드는 것이다.

그가 노린 건 이것뿐만이 아니었다.

"노움, 머드 프리즌(Mud Prison)!"

진흙으로 만들어진 감옥!

노움이 말하기를.

고운 흙으로 된 기술보다는 진흙이 형태를 더 쉽게 만들 수 있다. 때문에 정령력이 덜 들고, 더 위력적인 공격을 사용할 수 있다고 한다. 허나 이 와중에도 한 녀석이 운 좋게 범위에 걸리지 않고 빠져나왔다.

"꿱! 꿱! 꿰에엑!"

녀석이 시끄러운 소리를 지른다.

재현은 귀를 틀어막고 싶은 욕구를 참고 인상을 찌푸린다.

"시끄러워, 이 녀석아! 메타리엔, 저 녀석 입 좀 틀어막아!"

"……!"

메타리엔이 사철을 녀석의 앞에 모아 입을 틀어막아 버린다.

입을 벌리지 못하게 된 녀석은 소리 없이 발버둥 치며 돌진해 오기 시작한다.

생각보다 빨라 미처 피할 틈이 없었던 재현은 결국 녀석의 부리에 맞고 말았다.

뒤로 몇 미터를 구른 재현이 재빨리 벌떡 일어난다.

티타늄 로브 덕분에 충격은 크지 않았지만 기분이 나빴다.

녀석은 거리를 벌리더니 다시 그에게 돌진해 왔다.

"내가 같은 공격에 두 번이나 당하겠냐?"

재현은 녀석이 일직선으로만 달려든다는 걸 인지하고 옆으로 몸을 살짝 뺐다. 허나 이번에는 달랐다.

녀석은 다리를 옆으로 뻗으며 그를 걷어찼기 때문이다.

옆으로 엎어진 재현의 인상이 와락 구겨진다.

"이게 보자 보자 하니까……!"

한 번 꼴사납게 엎어진 것도 기분이 나쁜데 두 번이나 넘어뜨리다니.

재현은 녀석을 죽일 듯 노려보았다.

"썬더러, 라이트닝!"

썬더러가 즉시 녀석을 향해 전격을 날렸다.

허나 미리 공격이 올 것을 예상하기라도 했는지, 녀석은 특유의 기동성으로 발 빠르게 전격을 피해 낸다.

설마 전격까지 피해 낼 줄은 몰랐기에 썬더러와 재현이 상당히 놀란 표정을 지었다.

전격이 음속을 초월하기 때문에 절대 피할 수 없다.

그렇다고 녀석의 움직임이 음속을 넘어서는 것도 아니다.

'미리 예상하고 피한 건가?'

그렇게밖에 딱히 다른 방법이 없다.

썬더러의 공격은 약 1초의 시간이 걸린다.

그 타이밍에 맞게 몸을 틀면 피할 수 있다.

녀석은 라이트닝을 요리조리 피해 내면서 다시 그에게 달려든다.

"노움, 내 손가락을 잘 보고 내가 신호하면 즉시 반응해!"

"맡겨 주세요."

노움이 재현의 손목에 앉아 그의 손가락을 향한 방향으로 손을 내뻗는다.

전투를 할 때는 부끄러움을 잊는 모양인지, 노움은 오직 앞에 있는 적을 공격해야 한다는 생각밖에 없었다.

재현은 녀석의 발에 집중하며 거리를 재기 시작했다.

이번에 공격에 실패하면 또다시 녀석의 공격을 받게 될 것이다.

녀석이 이번에는 어떻게 공격해 올지 모른다.

이빨처럼 뾰족한 부리로 머리를 짓이겨 버릴지, 또 힘으로 자신을 날려 버릴지, 걷어찰지.

아직 녀석들의 습성을 제대로 파악하지 못한 게 실책이다.

오리라고 해서 만만하게 봤던 것도 실수다.

역시 C급 몬스터는 C급 몬스터다.

별것 아닌 것처럼 보여도 D급 몬스터와 확연히 달랐다.

그는 녀석의 다리를 집중하고 한 곳을 가리키며 소리친다.

"지금! 어스트랩!"

재현의 말과 함께 노움이 즉시 땅을 퍼 올렸다. 파여진 땅에 녀석의 발이 푹 빠졌다. 갑자기 발이 땅으로 꺼지자 녀석이 중심을 잃었다.

녀석은 곧 앞으로 넘어졌다.

자신의 빠른 기동성으로 인해 엎어지는 소리 또한 예사롭지 않았다.

지금 넘어진 것만으로도 큰 타격을 입었을 것이다.

그래도 녀석이 별다른 타격을 입지 않았을 수 있다.

재현은 녀석이 일어나기 전에 소리친다.

"메타리엔, 사철포박!"

메타리엔이 사철을 모으더니 녀석의 몸을 포박하기 시작한다.

단순한 사철들이 뭉치고 뭉쳐 녀석의 다리와 몸, 부리를 옥죄었다.

녀석은 엎어진 채 발버둥 쳤지만, 사지가 자유롭지 않아 일어날 수 없었다. 엎어진 채 날개만 퍼덕일 뿐이다.

"오리는 어떻게 요리하면 잘했다고 소문이 날까?"

녀석들의 안색이 어쩐지 하얗게 질리는 것만 같았다.

사지가 묶여 움직이지 못하는 녀석과 사지가 멀쩡해도 진흙 속에 갇혀 그 빠른 기동성도 못 살리는 녀석들.

그런 녀석들에게 남은 건 어떻게 요리하는지였다.

Chapter 05
고향으로

그로부터 열흘이 지나자, 35억 원을 모은 재현.

운이 좋게도 같은 날 장갑차가 배송되었다.

납품 업체에 35억 원을 곧장 입금시키니 재현은 힘이 쭉 빠져나가는 기분이었다.

한 달 동안 열심히 돈을 모으는 것에 집중한 덕에 몸도 마음도 지쳐 있었다.

"한 달 동안 35억 원을 모으는 것도 참 힘든 일이구나."

남은 돈은 6천만 원. 혼자 사는 재현이 펑펑 써도 부족하지 않은 돈이다.

집에 돌아온 그는 침대에 엎어졌다.

전화벨이 울렸다. 번호를 보니 누나한테서 온 전화였다.

그가 수신을 누르자 통화가 연결되었다.

[잘 있었냐?]

"처음부터 하는 소리가 그거야, 누나? 그런데 어쩐 일이야?"

[어쩐 일이긴. 동생 잘 있나 전화한 거지. 바쁜데 통화한 건 아니지? 뉴스 보니까 강원도 재건도 척척 진행된다면서. 일부 철수했다고 들었는데 넌 아직도 거기에 있는 거야?]

헌터와 관련된 업종들은 아직도 설악산 근처를 재건하는 데 투입되어 있다.

어느 정도 진척이 되자 업무 복귀 때문에 일부가 철수했다는 소식은 재현도 들어서 알고 있었다.

"아니, 나도 철수했어. 지금까지 좀 바쁘긴 했는데 이제 한숨 덜었지. 나 월차도 썼어."

언제든 쉴 수 있을 때 쉴 수 있는 재현이지만 그는 헌터 양성소 쪽 보급과 관련된 일을 한다고 가족들에게 말한 상황.

[잘됐네. 너 내려오면 되겠다. 설날 때 못 왔잖아.]

마침 못 찾아간 것도 있고 이참에 가는 것도 나쁘지 않으리라 생각했다. 재현은 고민 없이 바로 말했다.

"응, 내일 당장 갈게."

[신기하네. 네가 웬일이야? 바로 온다고 말하게.]

"그렇게 신기한 일인가?"

[그간 네가 집에 안 들어온 날짜를 계산하면 안 신기한가?]

생각해 보니 그것도 그랬다. 상경하고 몇 년간 집에 가지도 않았으니까. 한동안 통화를 하다가 끊고 컴퓨터를 켰다.

집까지 거리가 꽤 되다 보니 아침부터 출발해야 했다. 좌석을 예매하기 위해 확인해 보니 평일이라 자리가 남아돌았다.

조용한 곳에 좌석을 예매한 그가 정령들을 가만히 바라본다.

생각해 보니 가족에게는 자신이 헌터란 것을 비밀로 했기에 정령들을 소환할 수 없었다. 일주일간 소환하지 못할 테니 조금 미안한 감정이 들었다.

* * *

아침 일찍 버스에 올라탄 재현은 오후가 되어서야 고향에 도착했다.

터미널에 그의 누나, 박재희가 마중을 나와 있었다.

언제 차를 뽑은 것인지, 좋은 건 아니지만 승용차 운전석 앞에 그녀가 서 있었다.

"재현아, 여기야!"

소리를 듣고 재현이 그녀에게 다가갔다. 마지막으로 본 게 4년 전이다.

지금은 거의 5년 가까이 된다.

그간 그녀도 좀 변했을 거라고 생각했는데 막상 보니 전혀 변한 게 없었다.

이제 서른을 앞두고 있는 누나지만, 그녀는 아직도 여대생처럼 풋풋했다.

재희는 자신의 앞에 다가온 재현을 향해 헤드록을 걸었다.

힘을 준 것을 보니 진심이었다.

"이 녀석. 지금까지 집에 안 오고 뭘 한 거야! 한 번쯤은 와도 됐잖아!"

"미안, 미안. 내가 잘못했으니까 봐줘!"

정말 오랜만에 당해 보는 누나의 헤드록.

재현이 그녀의 팔을 탁탁 치며 항복 의사를 나타냈지만 그녀는 한동안 힘을 풀지 않았다.

눈물이 나올 때까지 헤드록을 당해서야 간신히 풀려날

수 있었다.

"누나의 헤드록은 여전히 맵네."

"많이 봐준 줄 알아. 예전처럼 기절할 때까지 하려다 참은 거야."

재현이 그 말을 듣고 약간 씁쓸하게 웃었다.

유복했던 가정이 한순간에 어려워지자 학창 시절 방황하며 여러 가지 사고를 쳤고, 그때 재희가 헤드록을 걸었던 적이 있었다.

당시에는 힘으로 이길 수 있으리라 생각했지만 어림도 없었다.

재희는 자신이 생각했던 것보다 훨씬 힘이 셌고, 당시의 재현은 헤드록에 걸리고 기절했었다.

그날 이후 정신을 차려서 방황을 끝냈지만 재현에게는 그다지 좋은 추억은 아니었다.

물론 그 덕분에 정신은 차렸으니 딱히 나쁜 추억도 아니라고 볼 수 있다.

지금은 그냥 힘으로도 재희를 이길 수 있지만 누나를 힘으로 이기려고 할 정도로 어리지도 않다.

그는 살짝 애교 섞인 말투로 그녀에게 달라붙는다.

"에이, 그건 좀 봐줘. 이제 나도 다 컸는데 사람들 많은 곳에서 헤드록 걸려서 기절하면 얼마나 창피하겠어."

"다 큰 녀석이 귀여운 말투로 엉겨 붙지 마. 징그러우니까."

"말이 좀 심하네."

말은 그렇게 하지만 재현은 생글생글 웃었다.

재희도 피식 웃으며 운전석에 타라고 한다.

재현은 운전석에 타고 안전벨트를 매는 것도 잊지 않았다.

"차는 언제 뽑은 거야?"

"이거 중고야. 아는 동생의 동생이 중고차 소개해 주는 곳에서 일하고 있어서 싸게 샀지."

확실히 좀 오래된 모델이긴 하지만 그렇게 구식까지는 아니었다.

'누나도 이런 차를 타는데 난 너무 심하긴 했지.'

지금은 강남의 아파트값 정도 하는 장갑차 트럭이 있지만 그 전에는 석유로 움직이는 것을 타고 다녔었다.

그 트럭은 망가질 대로 망가져 폐차시켰지만, 이 차는 앞으로 십 년간 사고 없이 타도 끄떡없을 것 같았다.

"넌 아직 차 없어?"

"차가 있었으면 그걸 끌고 왔겠지."

"하긴."

사실 있지만 장갑차를 개조한 트럭을 가지고 오는 건

무리가 따른다.

그래서 그는 차를 끌고 오지 않고 버스를 타고 온 것이다.

"그나저나 누나. 레스토랑은 어때?"

재현은 재희에게 레스토랑 운영을 위한 자금을 대주었다.

처음에는 3천만 원을 주겠다고 했지만, 여유가 생겨 그것보다 더 얹어줬다.

헌터와 관련된 업종들은 대부분 보너스와 나름대로의 부수익이 있다고 말해 놓아서 별로 의심하지는 않았다.

"지금 공사 중. 아마 한 달 안으로 오픈할 거야."

"잘됐네. 어려우면 언제든 나한테 말해. 내가 도울 수 있는 대로 도울 테니까."

자금 문제는 단번에 해결해 줄 수도 있는 재현이다. 그가 쓰는 돈보다 버는 돈이 많으니까 별로 무리도 없었다.

재희가 피식 웃었다.

"동생 돈을 받아 가게 운영하는 누나로 만들 생각이야? 이제 됐어. 이것만 해도 얼마나 고마운데. 동생이 고생고생하면서 번 돈을 어떻게 넙죽 받아."

"에이, 그 정도 가지고. 엄마 없는 동안 나 키운 누나에게 아깝지 않지."

"동생이 여자 다루는 법을 좀 알게 된 거 같네? 사귀는 여자친구라도 있어?"

재현은 고개를 저었다.

"없어."

"그으래~?"

수상쩍다는 듯 살짝 짓궂게 웃는 재희.

그녀는 다 알고 있다는 듯이 보였다.

재현은 역시 누나는 못 속인다고 생각했다.

재희는 연애를 꽤 해 본 사람으로서 그의 말만 들어도 눈치챘을 거라고 생각한 것이다.

"여자 친구가 없는 건 사실이야. 좋아하는 여자는 있어도."

"재현이가 드디어 자신의 마음에 든 여자를 찾았나보네? 외모도 당연히 본다지만 넌 성격을 더 따지잖아."

역시 거의 자신을 키우다시피 한 누나라 그런가 자신의 여성관도 잘 아는 재희였다.

"그래서 썸 타고 있는 거야?"

"썸…… 이라고 하기도 애매한데? 일단 키스까지는 가긴 했어."

"썸 타는 것도 아닌데 키스를 했어? 그리고 아직 안 사귀고 있다고? 이건 말이 안 되는데?"

재현은 윤정과 있었던 일을 말해 주었다. 처음 만났던 일, 그녀를 구해 준 얘기, 데이트를 하면서 생긴 일 등등.

물론 윤정을 구해 준 건 약간 각색해서 말해 주었다.

그렇게 계속 말하다가 문득 재희를 바라보니 기가 막힌 표정을 짓고 있었다.

"너 진짜 뭐한 거니? 그건 더 볼 것도 없이 널 좋아하는 거잖아."

"내가 좀 그런 거에 조심해서 말야. 상대는 적극적인데, 나는 솔직히 심장이 떨려서 그렇게 적극적으로 못 하겠더라."

재희가 그 말을 듣고 한심하다는 표정을 지었다. 운전 중이라 그를 바라보지 않고 있었다. 그녀는 한심하다는 듯 말했다.

"서로 좋아한다며? 데이트도 하고, 키스도 했다며? 도대체 뭐가 더 부족한 거야. 그냥 사귀자고 말해."

"음…… 그래도 되나?"

한심하다는 표정이 떠나가질 않는 재희.

자신이 아는 동생은 이렇게까지 소심하지 않았던 걸로 기억한다.

여성한테 약한 건 예전에도 있긴 했지만 이 정도는 아니었다.

그런데 어째서 사람이 이렇게 변했는지 의문이다.

'애가 그간 취업 전선에서 연달아 실패해서 자신감을 잃었나?'

그녀의 주위에도 그런 사람들이 몇몇 있었다.

항상 자신감이 넘쳤던 사람들이 취업 전선에 뛰어들고 계속 실패하자 자신감을 잃고 우울증에 시달리는 것을.

재희는 아무래도 자신감을 좀 불어넣어 줘야겠다고 생각했다.

"재현아, 여성은 적극적인 남자를 좋아해. 너무 적극적이면 그건 들이대는 거지만 적당한 선에서 하는 건 여성들을 떨리게 만들어. 거기다 윤정이란 애는 적극적이라며? 그건 널 엄청 좋아한다는 뜻이야. 그건 자신을 좋아한다고 말해 주길 원하는 신호야."

"……그런 거야?"

"응. 이 누나만 믿고 기회가 생기면 이번에는 네가 적극적으로 대해 봐. 물론 분위기 없이 좋아한다고 말하면 당황할 테니까 그건 네가 상황을 봐서 하고. 누나가 봐도 내 동생은 잘생겼으니까 어떤 여자라도 바로 오케이일 걸?"

"흠……."

정말 그래도 되나 생각하며 재현은 일단 고개를 끄덕였다.

연애의 고수인 누나의 말이니 믿어 보는 것도 나쁘지 않으리라 생각한다.

'응? 그러고 보니…….'

재현은 문득 재희에게 의문이 생겼다. 연애에 대해 해박한 걸로 아는 재희는 지금 연애도 안 하고 있었다.

"그러면서 누나는 왜 결혼 상대를 아직도 못 만난 거야? 누나 남자 안 사귄 지 좀 됐지?"

"……시끄러."

"누나는 당장 내년에라도 결혼 안 하면 곧 서른……."

"지금 우리 다리 위에 있는데 그 이상 말하면 강물 쪽으로 핸들 돌린다?"

"……."

재현은 이거는 금지어라 생각하며 조용히 있기로 했다.

* * *

오랜만에 찾아온 집. 5년이 거의 다 되어 와 본 집이다.

집은 작은 것부터 큰 것까지 많은 것이 바뀌어 있었다.

화단은 없었는데 만들어져 있었다. 초라한 건 여전하지만 예전보다 확실히 많이 좋아졌다.

그중 재현이 보낸 돈이 큰 역할을 했으리라 본다.

"아들 왔어?"

재희와 함께 집에 들어오자 그들의 어머니가 반겨준다. 지혜가 다가와 그를 꼭 끌어안았다.

상경하고 집에 한 번도 안 찾아온 아들에게 잔소리도 하지 않았다.

그저 아들이 왔다는 것에 반가워하고 있었다.

"아들. 많이 수척해졌네?"

옆에서 수척해졌다는 말은 들은 재희가 딴죽을 걸었다.

"수척해지긴, 오히려 몸이 더 좋아졌구만. 밥도 잘 먹고 다니는 것 같던데?"

솔직히 말해 수척해졌다기보다 정말 몸이 좋아졌다.

사냥이 일이다 보니 자주 움직여 몸이 탄탄해질 수밖에 없는 것이다.

밤에 추울지도 몰라 패딩을 챙기긴 했지만, 지금은 꽤 온화해 옷을 비교적 가볍게 입고 있었다.

그의 몸이 얼마나 탄탄해졌는지 흘깃 보기만 해도 알 정도였다.

"거기다 이 피부 좀 봐 봐. 운전하면서 안 건데, 얘 피부 관리도 엄청 하나 봐. 아기 피부가 따로 없다니까?"

재희가 재현의 얼굴을 만져 본다. 직접 만져 보니 정말 아기 피부처럼 촉촉하고 부드러웠다. 20대 중후반치고 상당히 좋은 것이다.

"어휴, 샘나. 남자가 무슨 놈의 피부가 이렇게 좋은 거야. 이런 건 여자인 나한테 필요한 피부라고."

재현은 빙긋 미소를 지었다. 이에 대한 비법은 나중에 알려 줄 생각이다. 지금은 그냥 모른 척 넘어가자 생각한다.

"아들. 이제 취직도 했으니까 앞으로 자주 와. 알았지?"

재현은 고개를 끄덕였다.

"네. 자주 올게요. 이번 설날처럼 갑작스러운 일이 아니면 명절마다 올 수도 있어요."

명절이나 어머니 생신 때, 아버지 제사 등등. 이제 언제든 갈 수 있다.

저번 명절은 운이 나쁘게도 몬스터 준동이 일어났지만 그 외의 상황이 아니면 모든 걸 제치고 갈 것이다.

"일주일 동안 있는다고?"

"네. 휴가도 받았겠다 시간도 많으니 마침 온 김에 아버지한테 인사나 해야죠."

아버지의 묘를 안 찾아간 것도 꽤 오래됐구나 생각한다. 자신이 생각해도 불효자라 생각했다.

감정을 절제하고 늘 무덤덤한 아버지라도 꽤 화났을 것 같다.

"그래, 네 아빠가 많이 서운해하시겠다. 네 아빠는 무덤덤해도 사실 심정이 여리신 분이니까."

재현은 고개를 끄덕였다.

자식들 앞에서는 특별한 일이 아닌 이상 별다른 표정을 짓지 않지만, 심정이 여리다는 건 잘 알고 있다.

숨기려 해도 숨길 수 없는 게 바로 가족인 법이니까. 재현은 고개를 끄덕이며 짐을 풀기 위해 자신이 쓰던 방으로 갔다.

4년이 넘어서야 들어와 보는 방이다. 감회가 남달랐다.

"내 방은 그대로네?"

전혀 변하지 않은 방. 조금 더 깨끗해지고 정리정돈이 된 것 외에는 특별히 달라진 곳이 없다.

재현은 짐을 놔두고 구석에 있는 침대에 누웠다. 푹신푹신하다.

예전에는 스프링이 나가 삐걱삐걱거렸는데 매트릭스를 새로 간 모양인지 아무런 소리도 안 들린다.

'어머니는 내가 언젠가 집으로 돌아올 때를 대비해 매트를 미리 갈아 놓으셨구나.'

그랬는데 자신은 이제야 왔다. 자신이 생각해도 불효막심한 자식인 것 같다.

어머니는 자신을 생각했는데, 재현은 바쁘다며 눈앞에 있는 현실을 좇기에도 막막했다.

이게 자식을 생각하는 어머니의 마음이 아닐까 생각한다.

'그래, 이제부터라도 잘하면 되지.'

이제는 떳떳하게 돈을 벌어 경제력도 된다. 예전처럼 현실에 바쁘게 움직이지 않아도 되는 것이다.

물론 때론 주위를 둘러볼 겨를도 없을 상황이 올 때도 있겠지만 지금은 아니다.

[여기가 재현이가 전에 쓰던 방이야?]

운디네의 목소리였다. 지금까지 자신의 모습을 비춰보고 있던 모양이다. 재현은 고개를 끄덕였다.

'응. 분위기가 확 다르지?'

그의 집은 평수가 넓은 아파트인 것에 비해 혼자 살아서 그런지 가구가 많지 않다. 하지만 이 방만 해도 가구가 넘쳐 났다.

[벽에 재현이 어렸을 때 사진도 걸려 있네? 언제 찍은 사진이야?]

재현은 시선을 벽으로 향한다. 벽에는 자신의 유치원 때 찍은 액자가 걸려 있다.

아주 앳된 어린아이가 낙엽 위에 앉아 밝게 웃고 있다.

그 당시 친구들과 놀았던 걸로 추측되는 기억은 약간 있지만, 구체적으로 언제 찍었는지는 전혀 기억나질 않는다.

자신의 방에 늘 걸려 있어서 그 희박한 기억마저 있는 걸지도 모른다.

'아마 여섯 살에서 일곱 살에 찍은 걸 거야. 자세히는 기억이 안 나서 나도 잘 몰라.'

[재현이의 어렸을 적 모습…… 귀여워…….]

메타리엔의 말도 들려온다. 참고로 텔레파시는 모든 정령들이 함께 대화를 나눌 수 있다.

정령계에서 서로 만날 수도 있지만, 따로 못 만나도 이렇게 계약자를 통해 얘기하는 것도 가능하다고 한다.

[귀, 귀여워요.]

부끄러워하면서도 같이 평해 주는 노움이었다.

다들 평범하게 평가하고 있을 때 썬더러의 텔레파시가 머릿속에 울려 퍼진다.

[재현이도 저런 시절이 있었구나 싶을 정도로 무지 귀여워.]

'썬더러. 저런 시절이라니…… 지금은 때 묻은 어른이라 이거지?'

[헤헤. 그럴 의도로 한 말은 아냐.]

'그래, 나도 딱히 부정은 안 하마.'

어차피 장난은 장난. 재현은 피식 웃으며 한동안 벽에 걸린 액자를 바라보며 정령들과 대화를 나누었다.

그때 방문이 벌컥 열리며 재희가 들어왔다.

"재현아, 왜 이렇게 늦어?"

"아, 미안. 오랜만에 내 방을 좀 보느라고."

재현이 서둘러 옷을 갈아입으려고 할 때였다.

재희가 그의 몸에서 뭔가를 발견하고 그의 옷을 잡았다.

"잠깐만 가만히 있어 봐. 너 등이 왜 이래? 수술한 자국은 아닌데 칼자국이 왜 있어? 그리고 이건 뭐야? 마치 이빨 자국…… 같은데?"

"……아."

재현은 미처 생각하지 못한 것이 들켜 어떻게 설명해야 할지 고민이 되었다.

재현의 몸 곳곳을 잘 살펴보면 흉터가 꽤 많았다.

몬스터와 전투를 치를 때 칼에 베이거나, 이빨에 물렸어도 치료할 시간이 없을 때가 있었다.

치료수와 포션이 흉터를 없애 주기도 하지만, 즉각 사용하는 것도 아니고 시간이 지나서 사용하면 흉터를 완전히 없애지 못한다.

물론 그것은 예전에나 그랬던 일이다.

지금은 티타늄 로브가 있어 어지간한 공격에는 끄떡도 하지 않아 상처는 나지 않지만 말이다.

재현은 뭐라고 변명할까 생각했다가 퍼뜩 떠올랐다.

"아, 이건 말이지. 몬스터 준동 때 내가 있던 본부에 몬스터가 습격해 와서 말야. 그때 얻은 상처야. 보다시피 약간 긁힌 정도니까 신경 쓰지 마."

"아니, 흉터가 생겼잖아. 이거 어떻게 없애는 건 불가능해? 헌터들 중 의료에 뛰어난 능력자도 있을 거 아냐. 그러면 흉터 없앨 수 있지 않아?"

"어차피 티도 잘 안 나는데 어때. 거기다 그런 능력자가 어디 흔한가? 그런 사람들은 엄청나게 적어. 아마 날 만나도 위급 상황이 아닌 이상 이런 흉터는 신경도 안 쓸걸? 헌터란 족속들은 몬스터와 싸우는 사람들이니까."

사실이 그렇다. 헌터에게 흉터 하나쯤은 누구나 가지고 있다.

싸우는 사람들 중 흉터가 없는 게 말이 안 되는 것이다.

게다가 재현의 흉터는 자세히 보지 않으면 잘 모를 만한 흉터뿐이다.

"그리고 치료계 능력자를 운 좋게 만나더라도 내 흉터 좀 고쳐 달라고 보여주면 어떨 것 같아? 내가 생각하기에는 지금 나랑 장난하냐고 몸에 이상한 짓 안 하면 다행일걸?"

"그, 그야 그렇지만……."

자신이 헌터계에 종사하는 사람은 아니라도 그럴 것 같

다는 생각이 들었다.

자신의 거의 키우다시피 한 재희이다 보니 동생에 대한 걱정이 엄청나다.

성인이 되고 벌써 자리를 잡은 동생이어도 그 걱정은 안 떨어지나 보다.

“그건 그렇고, 누나. 노크는?”

재희가 벌컥 문을 열지 않았으면 안 들켰을 일이다. 괜히 들켜서 걱정을 끼친 꼴이 되어 버렸다.

다음에는 주위를 기울이자고 생각한다.

재희는 뭘 새삼스럽냐는 듯이 말한다.

“그런 게 어디 있어? 내가 언제 네 방 들어올 때 노크하고 들어온 적 있어? 아마 없을걸? 있어도 손가락에 꼽을 거라고 자신 있게 말할 수 있다.”

“그거 딱히 자랑은 아니잖아. 그런데 생각해 보니 누나는 내 방을 갑자기 습격하고 그랬지. 이제 노크해 줘. 나도 다 컸으니까. 무엇보다 프라이버시도 있고 말야.”

방에 혼자 있을 때 정령들을 몰래 소환해 대화할 생각인 재현이다. 갑자기 열리면 안 되니 당연히 방문은 잠가 둘 생각이다.

“프라이버시는 무슨. 방문 잠가 두고 무슨 이상한 짓 하려고 그러는 거지?”

그녀가 말하는 '이상한 짓' 이 무엇을 뜻하는지 잘 알기에 재현은 기가 막힌 표정을 지었다.

'늘 느끼는 거지만 누나는 말에 거침이 없구만.'

남자인 입장으로서는 솔직히 저속해 보여 꽝이다.

물론 재현에게만 그런 걸지도 모르지만 남한테도 이러면 말리고 싶다.

자칭 연애의 고수라고 하니 당연히 자신 외에는 이렇게 말하지 않을 거라고 생각하고 싶었다.

"그런 짓 안 해."

"남자들은 다 한다면서? 방문 잠그는 이유는 그거뿐이라던데?"

"난 안 한다니까."

"그래, 그래. 믿어 줄게."

믿어 준다 말하면서 얼굴은 짓궂다. 솔직히.

"그래서 무슨 일로 온 건데?"

"엄마가 저녁 먹으래. 너 온다고 아침부터 장 보고 난리도 아니었다니까?"

"예전부터 집 밥이 엄청 그리웠지. 알았어. 옷 갈아입고 바로 갈게."

"응. 얼른 와."

재희가 나가고, 재현이 옷을 갈아입었다. 오랜만에 그

리운 집 밥을 먹을 생각을 하니 기분이 좋았다.

*　　*　　*

재현은 고향 집에 머무는 동안 집안일을 모두 도맡아 하기로 했다.

요리는 어머니가 한다고 해도 청소, 설거지 등은 그가 나서서 하는 것이다.

예전에는 그렇게 하기 귀찮았던 일인데 이번에는 정말 즐겁게 했다.

어머니를 도와준다고 생각하니 뿌듯하기도 했다.

재현은 일을 모두 마치고 가족이 모두 모여 있을 때, 가지고 온 선물을 꺼내 놓았다.

수정체 몇 개와 유리병에 든 물이다.

수정체는 질이 좋은 것들을 위주로 가지고 왔다. 수정체가 금처럼 화폐로 통용되기도 하지만 에너지원이다.

기사들을 불러 수정체로 전기를 만드는 자가 발전기를 집에 설치하고서 수정체를 달았다.

반영구적인 에너지원인 수정체.

수정체가 파괴되거나 자가 발전기가 고장 나지 않는 이상 평생 무료로 전기를 쓸 수 있다.

수정체가 파괴될 수도 있고, 도둑이 들어 수정체를 훔쳐갈 수 있기 때문에 몇 개를 더 챙겨 온 것이다.

"이 수정체 얼마야? 꽤 비싸 보이는데."

"이게 아마…… 시중에서는 200~300만 원 정도 할걸?"

"이런 걸 선뜻 가져왔어? 그것도 몇 개씩이나? 돈이 넘쳐 나니?"

물론 가져와 줘서 기쁘고 고맙긴 하지만, 너무 무리한 게 아니냐는 표정을 지으며 걱정해 주는 재희. 어머니의 표정도 그녀와 같았다.

"난 헌터계에 종사해서 시중에 파는 것보다 훨씬 싸게 구입할 수 있어. 개당 100만 원 정도 주고 샀어. 무려 반값 이하로."

물론 거짓말이다. 사실 마운틴 덕을 잡아서 몇 개 괜찮을 걸로 가지고 온 거다. 자신이 알아서 구할 수 있기 때문에 굳이 돈을 쓸 필요는 없는 것이다.

"그래도……."

"이 정도면 엄청 싼 거니까 걱정하지 마. 누나, 이 세 개로 평생 전기 쓴다고 생각해 봐. 300만 원으로 몇십 년을 쓸 수 있는데 얼마나 이득이야?"

"그렇긴 해도 너무 무리하지는 마. 퍼주다가 네 돈이

다 떨어지면 어떻게 하려고?"

하루에 1억 원을 버는 자신에게 몇 백만 원은 써도 별로 티가 나지도 않는다.

돈이 떨어져도 하루만 날 잡고 사냥하면 1억은 벌 수 있는 것이다.

"무리는 무슨. 이번 파견이 좀 길어서 특별 수당도 나왔어. 동생은 돈 잘 벌고 있으니까 걱정은 마."

그리 말하고는 재현이 그녀에게 유리병에 든 물을 건넨다.

재희는 이를 보며 고개를 갸우뚱거렸다.

"수정체는 그렇다 치고. 이게 뭐야?"

"선물."

"스킨로션이야?"

재희가 뚜껑을 열어 냄새를 맡아 본다. 당연히 어떤 향기도 나지 않는다. 그가 꺼내 놓은 것은 물이기 때문이다.

"아무런 향기도 안 나는데?"

"당연히 안 나지. 물이니까."

"지금 나 물 먹이니?"

재희가 황당한 표정으로 그를 바라본다.

물을 선물이라고 가지고 왔다니. 기가 막히다는 표정이

가시질 않는다.

재현은 빙긋 웃었다.

"보기에도, 마셔 봐도 물이랑 다를 바 없지만 치료수와 정화수라고 불리는 거야. 물의 정령사만이 만들 수 있는 거지. 설악산으로 파견 가서 친해진 물의 정령사한테 얻은 거야."

사실 그가 방 안에서 만든 거다.

지혜와 재희는 재현이 헌터라는 걸 모르기 때문에 친해진 정령사한테 얻었다고 거짓말을 했다.

"그게 뭔데?"

당연히 그 효능을 잘 모르기에 물어보는 것도 이상하지 않다. 재현은 자세히 설명해 주었다.

그는 빨간색 뚜껑의 병을 가리켰다.

"치료수는 자잘한 상처를 빠르게 회복시켜 주는 역할을 해 줘. 포션과 비슷하지만 차이점이 있어. 치료수는 부작용이 없고 회복하는 능력을 빠르게 해 준다는 거지. 꿰매야 하는 상처도 이튿날이면 말끔해질 거야. 감기에 걸렸으면 끓여서 마시면 돼. 내가 부탁해서 엄청 심혈을 기울여 만들어 줬다니까 유용하게 써."

이것은 지혜와 재희가 쓸 것이니 재현은 시간을 들여 가며 치료수를 만들었다. 그 덕분에 치료수의 효능이 몇 배로 뛰었다.

어지간히 큰 상처도 이 치료수 한 병이면 하룻밤 사이에 싹 나을 것이다.

"우와. 그럼 이거 엄청 비싼 거 아냐?"

"아마 그럴걸? 자세히는 잘 모르지만 말야."

여전히 치료수를 팔면 만만찮은 가격을 벌 수 있다는 걸 모르는 재현이다.

그는 다음으로 정화수를 설명해 주었다. 정화수가 든 병은 파란색 뚜껑으로 표시를 해 뒀다.

"정화수는 정령이 물을 정화한 거야. 같은 음식인데 더 맛있게 해 주고, 빨래를 빨면 때를 말끔히 없애 주고, 피로 회복에도 도움을 주지. 그 외에도 많은데 무엇보다 가장 매력적인 효능은……."

거기서 뜸을 들이다가 미소를 지었다.

"피부 미용에도 끝내준다는 거지. 누나가 말한 이 아기 피부가 다 이것 덕분이야. 이틀만 바르면 바로 효과를 볼 수 있어. 주근깨는 물론 기미도 다 없어지고 깔끔해져. 노화 방지에도 엄청 좋데."

"잘 쓸게, 재현아!"

재희가 덥석 재현의 손을 잡는다.

모름지기 여성은 피부 관리에 가장 목을 맨다. 재희라

고 딱히 다르지 않았다.

나이가 서른에 가까워지며 푸석푸석해지고 조금씩 늙어 간다는 걸 느껴 고민이 많아졌는데, 이 고민을 단번에 해결할 수 있으니 기뻐하는 것도 무리는 아니다.

지혜는 티를 내고 있지 않지만 언뜻 정화수를 더 원하는 눈치였다.

나이가 50대 중후반이니 젊어지는 건 바라지도 않지만 한 명의 여자로서 피부에 민감할 수밖에 없다.

"어머니. 다 떨어지면 말하세요. 제가 받는 즉시 택배로 보내드릴 테니까요."

"어머. 그래 줄 수 있니? 그 헌터에게 좀 미안한데……."

확실히 남이 만들어 주는 거라면 여러 가지로 폐를 끼치는 일이 분명하다. 하지만 사실 만드는 사람은 재현이다.

가족을 위해서라면야 그깟 번거로움쯤이야 얼마든지 감수할 수 있다.

"그 헌터에게 제가 도움을 좀 줘서 그래요. 보급품이라든가 편의를 좀 봐줘서 그 보답으로 필요하면 언제든 말하라고 하더라고요."

"그러니? 그래도 너무 많이 폐를 끼치지 말거라."

"당연하죠. 그런데 제가 말하는 개수보다 더 많이 만들어서 보내줘서 괜찮을 거예요."

*　*　*

집에서의 시간은 매우 빨랐다. 재현이 고향 집에 온 지 벌써 5일째였다.

아직 이틀이 남아 있지만 너무 순식간에 지나가는 게 아닌가 싶었다.

"엄마. 이 정화수라는 거 정말 좋다. 이거 보여? 피부가 촉촉해졌어."

"호호. 그러게 말이다. 엄마가 10년은 젊어진 것 같지 않니?"

"비싸고 좋은 화장품 필요 없어. 이게 최고인 거 같아."

재희와 지혜가 서로 하하호호 웃으며 정화수에 대한 칭찬을 늘어놓았다.

벌써 정화수의 효과를 보게 되어 피부가 고와졌다.

기뻐하는 누나와 엄마를 바라보는 게 매우 뿌듯했다.

너무 많이 사용할까 봐 최대한 아껴 쓰고 있는 둘이었다.

어차피 떨어질 때쯤 되면 알아서 보내 줄 텐데 걱정도 많다.

재현은 소파에 앉아 초코톡을 하며 윤정과 문자를 하고

있었다.

별것 아닌 얘기지만 그걸 하는 것만으로도 좋은 재현이었다.

[어머니와 누나에게 여자들이 좋아할 만한 게 화장품이라 생각해서 정화수를 주니까 좋아하시더라고요. 정화수가 피부에도 꽤 좋거든요.]

[정말요? 그건 몰랐네요. 어쩐지 피부가 좋으신 것 같다더니 다 그것 때문이었군요? 혹시 저도 몇 병 얻을 수 있을까요?]

[네, 물론이죠. 원하신다면 말씀하세요. 제가 즉석에서 만들어 드릴게요.]

[고마워요, 재현 씨.]

한동안 문자로 대화하다가 재현이 물어보았다.

[윤정 씨, 언제쯤 시간이 되세요?]

[주말에 시간이 비어요.]

[그럼 토요일 날 같이 식사하실래요? 제가 금요일에 집으로 올라갈 예정이거든요.]

[네, 물론이죠! 이번에는 제가 살 테니까 아무것도 사 주지 마세요. 알았죠?]

[굳이 그러실 필요는 없지만 알겠어요. 이번에는 얻어먹어 볼게요.]

그가 희희낙락하며 문자를 하고 있자, 지혜가 옆에 다가왔다.

“뭘 그렇게 휴대폰을 만지면서 웃니? 여자친구랑 문자하니? 그러고 보니 재현이는 언제 결혼할 생각이니? 젊을 때 빨리하고 얼른 손주 보여주렴.”

“아직 사귀는 사이도 아닌데 무슨 벌써 결혼이에요.”

“재희한테 들어 보니 거의 사귀는 사이더만. 눈이 높아진 재희는 이미 포기했으니까 아들은 빨리 결혼해서 자리 잡아.”

“아직 저 젊어요, 어머니. 청춘인데 벌써 결혼하는 건 좀 오버라고 생각하는데요?”

“그런 게 어디 있니. 빨리 결혼해야 애 키우는 게 덜 힘들어.”

옆에서 듣고 있던 재희가 지겹다는 표정을 지었다.

“엄마 또 이러신다.”

이제 경제력도 어느 정도 되니 빨리 결혼하라고 닦달했다. 거의 5년 만에 온 재현은 오랜만에 듣는 것이지만 재희는 늘 듣던 말이었다.

부모님들은 조금 늦게 결혼한 감이 없잖아 있었다. 그래서 어렸을 때부터 일찍 결혼하라는 말을 하고는 했다.

“때가 되면 하겠죠. 그건 걱정 마세요.”

“그래. 그래도 서른 넘기기 전에 해라.”

재현은 미소를 지으며 고개를 끄덕였다. 재희는 한숨을 푹 내쉬었다.

몇 해만 지나면 서른을 앞둔 사람이 그녀니까 그 말을 들을 때마다 한숨이 나오는 것이다.

재현은 이를 보며 그저 너털웃음을 지었다.

다음 명절에 어떨지 눈앞에 선하기 때문이었다.

그때는 어머니뿐만 아니라 친척들도 죄다 그럴 것이다. 재현은 그저 웃으며 이 광경을 눈에 담았다.

Chapter 06
허윤정의 사정

일주일간 고향에 머물던 그는 지혜와 재희에게 자주 찾아오라는 말을 듣고 다시 집에 도착했다.

집에 도착하고서 재현은 윤정과 언제 만날지 시간과 장소를 정했다.

윤정은 어느 때든 시간이 된다 하여 오후에 식사하기로 한다.

전보다는 설렘이 사라졌지만 고향 집에서 재희에게 들었던 말이 계속 머릿속을 맴돈다.

'분위기를 잡고 고백하면 된다고?'

거의 사귀는 수준이지만, 정식으로 고백을 한 적은 단

한 번도 없다.

재현이 생각해도 고백하면 바로 받아 줄 것 같긴 하다.

하지만 그것도 분위기를 조성해야 하는 법.

너무 성급하게 하는 것보다 서로 잘 맞는다 싶으면 할 생각이다.

실제로 만나 본 건 얼마 되지 않으니 너무 섣부른 것도 문제가 있다고 생각한 것이다.

그렇게 진지하게 고민하고서 이튿날이 되자 재현은 약속 장소에 미리 도착했다.

약속 시간이 되었지만, 윤정은 어쩐 일인지 도착하지 않았다.

"오늘은 좀 늦네?"

휴대폰을 보니 윤정에게서 문자가 와 있었다.

[죄송해요. 일이 생겨서 이제 출발했어요. 좀 오래 걸릴 테니 근처에 카페에 들어가 있으실래요?]

[네. 그럼 천천히 오세요.]

재현은 근처에 있는 카페에 들어가 커피를 주문하고 그녀를 기다린다.

그렇게 30분을 기다리니 그녀가 도착했다.

"죄송해요. 제가 많이 늦었죠?"

재현은 손을 저으며 미소로 화답한다.

"아뇨. 괜찮아요. 갑자기 일이 생겼다니 그럴 수도 있죠 뭐."

꾸미는 데 시간을 보낸 것 같지는 않다.

딱 봐도 일을 끝내고 부랴부랴 입고 온 티가 난다.

또 곱게 입은 옷은 급히 오느라 조금 헝클어진 상태다.

조금이라도 빨리 오려고 한 사람에게 안 좋게 말할 수 있을 리 없었다.

"그럼 어디 가실래요? 재현 씨가 먹고 싶은 거 말씀하세요."

재현은 망설이지 않고 먹고 싶은 걸 말했다.

"전에 갔던 한식당 가요. 거기 맛있던데요."

"호호, 그럴 줄 알았어요. 제가 말했죠? 계속 찾아갈지도 모른다고."

재현은 고개를 끄덕였다.

간혹 밥을 먹을 때 그 한식당의 설렁탕이 생각난 적이 한두 번이 아니다.

어머니나 누나가 자신의 집에 놀러 오면 멀긴 해도 데려가서 사 줄 생각도 할 정도였으니 말은 다한 셈이다.

조미료도 넣지 않는데도 그런 맛을 낼 수 있다는 것이 얼마나 신기했던가!

정화수를 사용했으면 얼마나 맛이 좋아졌을지 감이 잡

히지 않을 정도였다.

"그럼 얼른 가요. 제가 추천 메뉴를 골라드릴게요."

재현은 고개를 끄덕이며 자신의 트럭으로 안내했다.

새로 뽑은 트럭에 그가 올라타자 그녀가 신기한 듯 바라봤다.

"혹시 트럭을 새로 바꾼 건가요?"

"예. 전에 쓰던 게 몬스터에게 습격을 받아서요. 적재량도 적어서 크고 튼튼한 걸로 뽑았죠. 이제 습격에도 걱정 없이 다니고 있어요."

트럭치고 겉모습이 화려하다고 해야 할까.

내부에 들어오니 엄청 안락하고 넓었다. 의자도 푹신푹신했다.

거기다 시동을 걸었는데도 덜덜 떨리는 것도 전혀 없었다.

비싼 외제차만큼 승차감이 좋았다.

"이거 진짜 트럭 맞아요? 승차감이 좋은데요?"

"트럭이라 승차감은 생각도 안 했는데 꽤 좋아서 저도 처음 타 보고 깜짝 놀랐어요."

윤정에게 굳이 말하지는 않았지만, 장갑차를 특별 제작해서 만든 거라 더더욱 놀랐던 재현이다.

장갑차를 타보지 않아 잘 모르지만 승차감이 아주 좋지

않다는 건 익히 들었기 때문이다.

그런데 이건 승차감이 외제차와 거의 같아 마음에 쏙 들었다.

안전벨트를 매고 한식당으로 이동하는 동안 정령들을 소환하기로 했다.

정령들도 윤정을 보고 싶어 했기 때문이다.

"얘들아. 나와 봐."

"안녕, 윤정아!"

"윤정이다!"

꺄아꺄아 거리며 운디네와 썬더러가 윤정에게 다가갔다.

"안녕, 얘들아."

반응은 운디네와 썬더러가 최고여서 윤정이 머리를 쓰다듬어 주었다.

정말 몇 번 봐도 귀여운 아이들이었다.

메타리엔은 잠깐 보고 손을 흔들었다.

이미 자신의 머리는 메타리엔의 지정석이 된 지 오래였다.

그녀는 메타리엔에게 손을 흔들어 화답하고 메타리엔의 뒤에 숨은 노움을 발견했다.

노움은 그녀와 눈이 마주치자 흠칫 놀랐다.

"하나가 더 늘었네요?"

"아, 그러고 보니 윤정 씨는 노움을 못 봤죠? 땅의 정령인 노움이에요. 애가 낯을 많이 가려요. 그래도 익숙해지면 괜찮아질 거예요. 노움, 인사해야지?"

"아, 아, 안녕하세…… 요……."

"안녕, 노움. 친하게 지내자."

윤정이 손가락을 내밀자 노움이 고개를 끄덕이며 조심스럽게 그녀의 손가락을 잡고 위아래로 흔든다.

정령들은 체구가 작아 악수를 이렇게 해야 했다.

이를 지켜보던 운디네와 썬더러는 깍깍거리며 윤정에게 달려들면서 재현에게 텔레파시를 걸었다.

[재현아. 잘 모르겠는데, 윤정이가 억지로 웃고 있는 거 같아.]

[나도 운디네랑 같은 생각이야. 분명 웃고 있는데 어딘가 슬퍼 보여.]

[저도 같은 생각이 들어요…… 겉으로는 멀쩡한 척하지만 속은 타들어 가고 있는 것 같아요.]

"……?"

재현이 거울로 정령들을 바라본다.

텔레파시로 자신에게 말한 운디네와 썬더러.

노움은 숨어서 지켜보면서도 그걸 느꼈던 모양이다.

재현은 의아하다는 듯 옆에 앉아 있는 윤정을 바라본다.

미소를 지으며 웃고 있는 윤정.

평소보다 많이 웃는 것도 같지만 상당히 괜찮아 보인다.

어디가 문제가 있는지 전혀 모르겠다.

"왜 그러세요?"

결국 눈을 마주친 재현과 윤정. 재현은 자연스럽게 고개를 돌리며 물었다.

"아뇨, 아무것도요. 혹시 덥거나 춥지 않으세요?"

"적당해요."

"덥거나 추우면 말하세요. 그리고 아까 뛰어오신 거 같은데 목마르시면 물 있으니까 마셔도 돼요."

"마침 목이 타들어 가던 참인데 다행이네요. 고마워요, 재현 씨."

옆에 있던 물을 마시는 윤정.

'다들 그렇게 말하는 걸 보니 기분 탓은 아닐 텐데…….'

재현은 그녀를 보면서 억지로 웃고 있다거나 슬퍼하는 모습은 그 어디에서도 찾아볼 수 없었다.

윤정은 평소와 같은 모습이다. 하지만 다들 그렇게 말한 걸 보면 정말 그런 것 같기도 했다.

'일단 좀 지켜봐야겠군.'

재현은 다시 운전에 집중하며 차를 몰기 시작했다.

*　*　*

"윤정 씨가 추천하신 메뉴 정말 맛있었어요. 태어나서 그렇게 맛있는 된장국은 처음 먹어 봤어요."

"그렇죠? 제가 여기서 여러 가지를 먹어 봤지만 된장국이 가장 맛있더라고요."

조미료는 일절 넣지 않았는데 조미료를 넣은 것보다 맛있다니. 몇 번 먹어도 신기할 따름이다.

"그런데 이번에는 제가 낸다고 하니까 왜 또 내시려고 했어요?"

사실 다 먹고 나서 재현이 계산을 하려고 했다. 하지만 윤정이 곧장 발견해 먼저 선수를 치고 계산을 했다.

재현은 하하 어색하게 웃었다.

"제가 내고 싶어서 내는 건데요, 뭘."

"돈을 내는 걸 좋아하세요?"

간혹 남의 것을 계산해 주길 좋아하는 사람이 있다. 혹시 재현도 그런 부류인가 생각하고 있었다.

그는 고개를 저었다. 그는 당연히 돈을 내는 걸 좋아하는 사람이 아니었다.

"아껴 쓰고, 돈에 약간 집착을 하는 편인데요."

"그럼 구두쇠?"

"필요할 때는 반드시 내는 타입이라 구두쇠라고 보기에도 좀 그러네요. 돈에 집착하지만 쓸 때는 화끈한 남자라고 생각해 주세요."

"호호호. 그게 뭐예요."

장난스럽게 말하자 윤정이 호호호 웃었다. 재현은 미소를 그리며 이번에는 어디를 갈까 생각한다.

'영화는 전에 봤으니까 이번에는 다른 곳에 가 볼까?'

근처에 갈 만한 곳이 있나 확인하려고 할 때였다. 그녀가 그의 팔에 팔짱을 두른다.

"재현 씨. 우리 저곳 가요."

그녀가 가리킨 곳은 한식당 바로 맞은편에 있는 게임센터였다.

오락기가 즐비한 게임 센터.

생각해 보니 어렸을 때는 자주 갔어도 다 크고 나서는 단 한 번도 가 본 적이 없는 것 같았다.

게임룸 안에 두 개의 가상 현실을 보여 주는 고글과 모형 총이 있었다.

설마 그녀가 이런 게임을 할 줄은 몰라 의아한 표정이었다.

총을 쏴 적들을 섬멸하는 게임이다.

좀 의외긴 했지만 딱히 나쁘다는 생각은 안 든다. FPS

게임을 즐겨 하는 여성들도 많으니까. 다 개인마다 취향이 있는 법이다.

재현과 눈이 마주친 윤정이 부끄럽다는 듯 얼굴을 붉혔다.

"실은 학창 시절에 스트레스가 쌓이거나 기분 상한 일이 있을 때마다 이런 걸 즐겨 했어요."

그 말에서 재현은 정령들이 했던 말을 떠올렸다. 억지로 웃고 있다, 슬퍼 보인다, 속은 타들어 가고 있다.

'스트레스가 쌓이거나 울적한 일이 있을 때마다 한다는 건 그런 일이 있기라도 하다는 소리인가?'

그냥 오랜만에 생각나서 했을 수도 있지만, 정령들이 해 준 말이 신경 쓰였다.

재현은 고개를 끄덕였다. 일단 더 지켜보기로 한다.

"그래요? 그럼 저랑 점수 대결해 보실래요?"

"어머? 이건 초보자가 하기에는 좀 힘든 게임인데, 괜찮겠어요?"

엄청 자신 있는 표정의 윤정. 재현은 꿇리지 않는다는 듯 거만한 표정을 지었다.

"훗. 실은 이건 학창 시절 때 저도 자주 한 게임이에요. 버전이 좀 달라지긴 했지만 조작법은 비슷비슷한 거 같네요. 동네에서는 제가 이 게임 1등부터 10위를 전부

석권했죠."

한창 방황할 때, 현실을 잊기 위해 친구들과 게임 센터를 자주 찾아오곤 했던 재현이다. 그게 벌써 10년 전의 일이었다.

오랜만에 하는 것이지만 몸이 기억하고 있어 재현은 익숙한 손놀림으로 몇 번 조작해 본다.

철컥철컥!

조작법은 딱히 어렵지 않았다. 방아쇠를 당기면 총이 발사되고, 슬라이드를 뒤로 당기면 장전이 된다.

그 외에 여러 가지 버튼이 있지만, 특정 상황에서만 사용하는 것들이다.

윤정은 500원짜리 동전을 넣고 게임을 시작한다. 그 옆에서 재현도 500원을 넣고 같이 시작한다.

같이 시작하고 적이 나타나기 무섭게 서로 총을 쏘기 시작한다.

"재현 씨, 잘하시네요?"

"동네에서 제가 1위부터 10위까지 석권했다고 말했잖아요. 감이 좀 죽은 것 같은데 이 정도쯤은 별거 아니죠."

"머리를 위주로 노리시면 점수 높은 거 아시죠?"

"절 뭐로 보시고."

서로 이상하게 대결에 불이 붙어 게임에 열중한다. 위

험에 처하면 돕거나, 여유가 생기면 적을 반쯤 죽여 놓은 걸 가로채거나 하기도 했다.

그렇게 서로 점수에 열을 올리며 약 한 시간 동안 게임을 하니 모든 미션을 클리어했다.

점수를 확인하니, 윤정의 압도적인 승리였다.

가로채기로 얻은 것도 있지만, 대부분의 적을 머리를 맞춰 높은 점수를 받은 것이다. 재현과 점수 차이가 두 배가 넘었다.

처음에는 봐주면서 할 생각이었지만 그녀가 의외로 잘해 재현을 도와주는 일이 더 많았다.

어째 좀 민망해졌다.

"제가 졌네요."

"호호. 이만하면 저 헌터 해도 되겠죠?"

"네. 아마 최고의 명사수가 되실 것 같아요. 헌터로 전향해 보시는 건 어떠세요?"

"에이, 전 초능력자도 아니잖아요."

"초능력이 없는 사람도 헌터를 할 수 있어요. 대괴수용탄만 있으면 몬스터를 처리할 수 있으니까요."

"그거 한 발에 백만 원이나 하잖아요. 남는 것도 없을 것 같네요. 말이라도 고마워요."

서로 그렇게 하하호호 웃으며 마무리하고, 이번에는 윤

정이 노래방에 가고 싶다고 말했다.

재현은 고개를 끄덕이며 노래방으로 간다.

솔직히 노래는 잘 부르는 편은 아니지만 못 부르는 것도 아니다. 재현 스스로 남들만큼 부른다고 생각하고 있다.

재현은 자신이 아는 노래들을 총동원해 열심히 불렀다.

윤정은 고음을 완벽하게 소화해내며 노래를 불렀다.

신나고 흥겨운 노래를 부르는 그녀.

재현은 호응을 해 주며 분위기를 띄웠다. 둘밖에 없어도 흥을 띄우는 건 중요한 것이었다.

분위기가 무르익어 여자 파트, 남자 파트를 나눠 부르기도 하고, 바꿔서 해 보기도 한다.

고음이 많은 노래를 하는 덕분에 재현은 목이 다 쉬었다.

금방 괜찮아질 거라 생각하며 일단 치료수는 마셔두었다.

그렇게 서비스를 받으며 약 두 시간 동안 노래를 부르다 남은 1분.

재현은 곧장 자신이 부를 노래를 입력한다.

제목, 아버지.

"……."

"분위기 다운시켜서 죄송해요. 아버지가 좋아하셨던 곡이니까 이해해 주세요."

재현이 가장 좋아하는 노래다.

엄청 오래된 노래이지만, 재현이 이 노래를 좋아하는 이유는 따로 있다.

바로 그의 아버지의 애창곡이었기 때문이다.

아버지를 존경하기도, 원망하기도 했지만 전체적으로 좋은 기억이 많다.

무덤덤해도 재현과 재희가 원하는 건 반드시 해 주고야 마는 아버지셨다.

놀이공원에 가고 싶다고 말하면 시간을 쪼개 가며 어떻게든 시간을 마련하기도 했다.

물론 그렇게 못하는 날이 더 많았지만, 자식을 위해 시도를 하는 아버지는 얼마나 될까.

지금 생각해 보면 정말 존경할 만한 분이시다.

"네, 물론이죠."

윤정이 고개를 끄덕였다. 그런데 어쩐지 그녀의 미소가 상당히 어색하다.

재현은 아버지를 전부 불렀다.

아버지가 생각날 때마다 즐겨 듣던 노래다.

그 당시 아무리 잊으려 해도 잊을 수 없는 게 아버지였기 때문이다.

당연하다고 생각했던 아버지의 존재가 없어지니 그 소

중함을 느끼고야 만다.

그렇게 한동안 노래에 집중하고, 곡이 끝났다. 이제 나갈 일만 남았는데, 윤정이 안 움직였다.

재현이 나가자고 그녀를 바라봤을 때, 당황하고야 말았다.

"유, 윤정 씨. 왜 우세요?"

당황한 재현. 윤정은 서둘러 눈물을 훔쳤다.

"아, 아무것도 아니에요. 잠깐 화장실 좀 갔다 올게요."

그녀는 서둘러 방을 나갔다.

재현은 멍하니 그녀가 황급히 나간 문을 바라보았다. 재현은 그녀가 놓고 나간 핸드백과 휴대폰을 챙겨 밖으로 나갔다.

밖으로 나와 카운터로 가니 노래방 가게 아저씨가 혀를 찼다.

"쯧쯧, 총각. 여자를 울리면 쓰나."

재현은 딱히 할 말도 없고, 왜 그녀가 왜 울게 된 건지 몰라서 머리만 긁적일 뿐이다.

* * *

노래방에서 놀고, 다시 웃음을 찾은 그녀가 여기저기

그를 끌고 다녔다.

한 번 그 모습을 봐 버리니 재현은 그녀에게서 눈을 떼지 못했다.

처음에는 괜찮아 보였지만, 지금 그녀는 계속해서 억지로 웃고 있었다. 마치 예전에 현실을 잊으려 어떤 짓이든 했던 자신처럼 말이다.

방법은 틀려도 마치 평소의 자신처럼 하려고 하고 있었다.

계속 신경이 쓰여 재현은 그 후로 제대로 놀지 못했다.

더 이상 놀 곳도 없고, 그들은 저녁을 먹고 한적한 공원을 돌아다니고 있었다.

"오늘 정말 재미있었어요."

이제 헤어질 시간이다.

재현은 고개를 끄덕였다. 그녀는 다시 미소를 짓는다.

원래 미소가 많은 사람이지만 지금은 그 미소를 볼 때마다 계속 노래방에 있던 일이 생각난다.

"그럼 전 이만 가 볼게요."

손을 흔들며 서로 반대 방향으로 가야 한다. 하지만 재현은 그 자리에 서서 그녀의 뒷모습을 바라보았다.

그녀의 뒷모습은 너무도 쓸쓸해 보였다.

재현은 그녀에게 달려가 손을 뻗었다.

"윤정 씨."

그가 윤정의 팔을 붙잡아 세웠다.

"네?"

"혹시 실례가 안 된다면 무슨 이유인지 설명해 주실래요?"

"무슨 말씀이세요?"

재현은 더 이상 긴말은 필요하지 않았다. 이대로 헤어지면 기분이 찝찝할 것 같았다. 그 미소를 볼 때마다 재현의 속이 더 타들어 갔다.

"억지로 웃지 마세요. 그럴수록 윤정 씨만 힘들어져요."

그 말에, 그녀의 미소가 지워지고 다시 눈가가 촉촉해진다.

"흑!"

결국 눈물을 터트리고 만 윤정.

역시 뭔가가 있구나 생각하며 재현은 그녀를 끌어안고 등을 토닥였다.

그녀는 한동안 울고 나서 그의 품에서 벗어났다.

"죄송해요. 너무 추했죠."

"괜찮아요. 그럴 수도 있다고 생각해요. 혹시 못살게 구는 사람이 있어요? 그럼 제가 혼내줄게요."

"그게 아니에요. 실은 말이죠……."

그녀는 그에게 어떻게 된 이유인지 말해 주었다.

윤정이 어느 날 아버지가 뇌졸중의 증상을 보이고 있어 병원에 가 보라고 한 것이다.

하지만 그녀의 아버지는 이렇게 건강한데 무슨 뇌졸중이냐고 그녀의 말을 무시했다는 것이다.

뇌졸중이 오면 사람의 말에 집중을 못 하거나, 쉬운 것도 이해하지 못하는 경향이 있는데 그녀의 아버지는 단순히 나이가 들어 그런 것이라 주장했다.

그것 말고도 여러 가지 증상도 있어 뇌졸중 징후가 확실하다고 설득하려 했지만, 그녀의 아버지는 다 나이 탓으로 돌렸다.

윤정은 거듭해서 병원에 가자고 설득했지만, 바쁘다는 이유로 그녀의 아버지는 병원을 미뤘다.

결국 얼마 전 윤정의 아버지는 일을 하는 도중 뇌졸중으로 쓰러져 지금 입원해 있다는 것이다.

그녀의 말을 듣고 나서 재현은 그녀가 울었던 이유를 알게 되었다.

현실을 잠깐 잊으려 했는데 재현이 대놓고 제목이 아버지란 노래를 불러 생각나게 만든 것이다.

요약하자면 현실을 애써 잊었던 사람을 다시 현실로 끌고 온 것이다.

"으윽……."

'이 병신 같은 새끼. 눈치 더럽게 없는 새끼! 하필 노래방에서 마지막으로 부른 게 왜 아버지냐.'

의도치 않았고, 몰랐다고 하지만 윤정의 마음에 바늘을 쿡 쑤셔 넣는 짓을 할 수 있단 말인가!

재현은 괜히 그 노래를 불렀다며 후회하고 있지만, 이미 떠난 열차는 돌아오지 않는 법이다.

"저 정말 불효녀죠? 아버지는 병원에 누워 있는데 전 이렇게 놀고만 있으니까요."

그가 어떤 생각을 하는지 모르는 윤정은 눈물을 흘리며 억지로 미소를 짓는다. 그 모습이 더욱 슬퍼 보여 가슴이 짠해진다. 재현은 고개를 저었다.

"가끔 현실을 잊는 것도 중요하다고 생각해요. 그래도 윤정 씨는 최선을 다했잖아요. 윤정 씨는 아버지를 위해 할 수 있는 건 다했다고 생각해요."

그녀는 남이 위기에 빠져도 몸부터 움직이는 사람이다. 하물며 자신의 아버지가 병에 걸린 걸 알았다면 이것저것 더 알아봤을 게 뻔하다.

"그래서 전에 운디네로 얼마나 치료가 가능한지 물어봤던 거죠?"

윤정이 고개를 끄덕였다.

"실은 그때는 단지 의심했을 뿐이었어요. 제가 의학을 전공하다 보니 아버지가 뇌졸중 증상이 있다는 걸 알았거든요. 병원에 가서 확인하라고 했는데 말도 안 되는 소리 말라고 하셔서…… 운디네로 최소한 진단이라도 하면 병원에 가실 거라 생각했는데 얼마 전에……."

거기서 눈물을 왈칵 쏟은 윤정.

그녀의 아버지는 아마 자신이 뇌졸중이라는 걸 부정해서 그리 말한 것일지도 모른다.

재현은 다시 윤정을 꼭 끌어안아 주었다.

"그런 일이 있으셨다면 진즉에 말씀하시지. 일단 내일부터라도 같이 찾아가 봐요. 혹시 알아요? 운디네가 치료할 수 있을지도 모르죠."

"그럼 재현 씨에게 미안하잖아요. 도움만 받았는데 또 다시 도와 달라고 하기에는 너무 염치없잖아요."

"그런 게 어디 있어요. 도울 수 있으면 도우는 게 사람의 심리잖아요. 다음부터는 이런 일 있으면 말하세요. 도울 수 있는 건 적극적으로 도와줄 테니까요."

품에 있던 그녀가 눈물을 닦아 냈다. 그리고 미소를 지었다.

"고마워요. 정말로. 저 나쁜 여자죠? 눈물로 도움을 얻어 내다니."

재현은 고개를 저었다.

"나쁜 여자였으면 저는 물론 정령들도 윤정 씨와 이렇게 친해지지 않았을 거예요. 자, 그럼 가 봐요. 운디네라면 가능할 거예요."

재현은 내일 곧장 확인하고자 입원한 병원을 알아내고, 그녀와 헤어졌다. 그는 운디네를 소환했다.

"상황은 알고 있지? 내일 윤정 씨의 아버지를 찾아뵐 거야."

"응. 나도 윤정이가 속앓이 하는 건 보기 싫어. 최선을 다해 볼게."

재현이 고개를 끄덕였다. 그와 운디네의 얼굴은 그 어느 때보다 진지했다.

* * *

이튿날.

재현은 윤정과 함께 그녀의 아버지가 입원한 병실을 찾았다.

병실에 들어오자 그녀의 어머니로 보이는 여성이 보인다.

그녀는 재현이 오자 윤정를 바라본다.

"윤정아. 옆에 있는 사람은 누구니?"

"도움을 줄 분이세요. 전에 말씀드렸죠? 의료 봉사에 갔을 때 절 구해 주신 분이요."

그녀의 어머니가 놀란 눈으로 재현을 바라보더니 그의 손을 덥석 잡았다.

"얘기는 많이 들었어요. 하나밖에 없는 자식을 살려주셔서 감사합니다. 이 은혜를 어떻게 갚아야 할지……."

"보답을 바라고 한 게 아니니까 괜찮아요, 어머님. 잠시 아버님 좀 살펴봐도 될까요?"

"예, 물론이죠."

재현이 병실 침대에 누워 있는 그녀의 아버지를 바라본다.

"윤정 씨의 아버지세요?"

"네."

"일단 좀 볼게요."

그는 즉시 운디네를 소환한다.

그녀의 어머니가 운디네가 나타나는 걸 보자 깜짝 놀란다.

아무것도 없는 공간에서 갑자기 물방울이 모여 하나의 생명체가 나타나니 놀랄 만도 할 것이다.

어쩌면 헌터가 능력을 사용하는 걸 처음 보는 것일지도 모른다.

"운디네. 확인해 볼래?"

"응, 알았어."

운디네는 그녀의 아버지에게 다가가 확인해 본다.

정령력을 흘려 정확한 진단을 하는 것이다.

운디네는 곧 어디가 문제가 있는지 알아낼 수 있었다.

윤정의 아버지의 신체에 흐르는 정령력이 뇌에서 새어 나오고 있던 것이다.

운디네는 문제가 있는 부분을 찾아내고 조심스럽게 손을 떼어 낸다. 그리고 고개를 저었다.

"내 능력으로는 불가능해."

"아아……."

운디네에게 희망을 걸었던 만큼 실망도 큰 법이라고 했다.

윤정이 깊은 한숨을 내쉬며 자리에 털썩 앉는다.

재현은 불가능하리라 예상은 했기 때문에 크게 실망하거나 하지 않았지만 아쉬운 건 어쩔 수 없었다.

"운디네. 다른 방법이 없는 거야?"

도움이 될 만한 것들은 모두 써 보고 싶은 재현이었다. 운디네는 그에게 사실을 말한다.

"있어. 있긴 한데……."

뭔가 대답을 망설이는 운디네.

재현이 재촉하듯 바라보자 하는 수 없다는 듯 말한다.

"중급 정령이 되기만 하면 가능해. 그럼 부작용 없이 치료도 끝낼 수 있을 거야."

"정말 중급 정령이 되면 가능한 거야? 확실한 거야?"

"응. 정령력이 많이 들긴 하지만…… 재현이는 그런 건 상관 안 하잖아?"

"물론이지. 정령력을 써도 어차피 다시 회복되니까 문제 될 건 없잖아."

그럼 됐다고 말하는 운디네. 재현은 고개를 끄덕인다.

운디네가 중급 정령이 되면 가능하다고 확신할 정도면 가능하다는 것이다.

재현이 윤정을 바라본다. 지금 당장 고쳐 줄 수 없어서 미안한 마음이 크다. 꽤 기대하고 있었을 텐데 치료해 주지 못하니 괜히 미안한 마음이 든다.

"지금은 불가능하고, 운디네가 다음 단계로 넘어가게 되면 가능하다고 하네요."

치료할 수 있는 방법이 있다는 것 자체가 다행이다.

치료할 수 있다고 하니 윤정은 일단 안심이 되었다.

"그럼 얼마나 걸릴까요?"

뇌졸중이란 위험한 병이다.

치료 방법은 있긴 하지만 장기간 약물을 투여해야 하

고, 증상에 따라서는 생사를 오갈 정도로 위험한 수술을 해야 한다.

그렇다고 가만히 놔둬도 여러 가지 합병증을 발생시킬 수 있는 무서운 병이다.

그녀의 아버지의 경우 꽤 심각한 상태라 위험한 수술을 받아야 할지도 모른다.

수술비는 문제가 되지 않는다고 하지만 부작용도 따를 수 있기 때문에 되도록 재현이 치료해 줬으면 하는 게 그녀의 마음이었다.

“그건 저도 확답을 드릴 수가 없겠네요. 예전부터 정령들이 중급 정령사 얘기는 하고 있긴 했는데…… 정령들은 여전히 하급에 머물고 있으니까요.”

얼마나 오래 걸릴지 재현도 잘 모른다.

이건 정령들도 모르는 일이기 때문에 이때 될 거라고 확답을 주지 못한다.

재현은 그래도 최대한 빨리 정령들을 중급으로 만들고 다시 오겠다고 전했다.

“고맙습니다. 이렇게 도움만 받으니 면목이 없습니다.”

“고마워요, 재현 씨.”

재현은 손사래를 쳤다.

“인사는 나중에 해 주세요. 아직은 너무 이르니까요.

최대한 빠르게 중급 정령사가 돼서 찾아오겠습니다."

그렇게 작별 인사를 하고 재현이 병원 밖을 나선다. 윤정은 재현이 트럭을 타고 갈 때까지 배웅해 준다.

재현은 트럭을 운전하면서 어떻게 운디네를 중급 정령으로 만들지 그 어느 때보다 깊게 고민한다.

Chapter 07
운디네의 이유 Ⅰ

중급 정령사가 되기 위한 조건은 정령 중 하나가 중급 정령이 되는 거라고 한다.

하급 정령이 중급 정령이 되기 위해서는 계약자의 친화력과 정령력이 필요하며 깨달음이 동시에 필요하다고 한다.

재현은 처음으로 계약한 정령이 운디네이기 때문에 물의 친화력이 가장 높다.

그것만이 아니라 일상 생활에서도 운디네의 정화수를 사용하기 때문에 다른 정령들보다 압도적으로 높을 수밖에 없었다.

마침 윤정의 아버지를 치료하는 데 있어 운디네의 도움

이 가장 절실하니 운디네로 하여금 계속해서 수련을 거듭하고 있다.

“근데 이게 일상적으로 하는 거하고 뭐가 다른 거지?”

밥을 지을 때, 물을 마실 때는 정화수를 섭취한다.

늘 해 오던 거라서 수련을 하고 있다는 느낌이 전혀 들지 않는다.

혹시나 해서 사냥을 할 때 운디네를 더욱 적극적으로 사용했다.

어느 정도 위력이 상승하니 어지간한 몬스터들은 운디네의 공격에 맥없이 나가떨어진다.

수련을 하고 있다고 말하기보다 운디네를 더욱 적극 이용하는 것 외에는 달라진 게 없다.

재현은 고개를 갸웃거리며 산속의 계곡에 앉아 고민에 빠진다.

“혹시 깨달음인가?”

정령력을 더 이상 늘려 봤자 정령력 탱크가 꽉 차 넘치고 있는 실정이다.

몸의 활력만 주는 것밖에 안 되니 도움이 될 것 같지는 않다.

재현은 그래서 자신에게 부족한 게 깨달음이 아닌가 싶었다.

“이건 어떻게 해 볼 수도 없는 거네.”

깨달음이란 게 어느 순간 얻어질 때가 많다.

의도치 않게 길을 걷다가도 얻을 수 있는 게 깨달음이다.

일부러 찾는다고 찾을 수 있는 것도 아니다.

‘급해 죽겠는데 깨달음이란 게 발목을 잡는구나!’

최대한 빨리 운디네를 중급 정령으로 상승시켜야 윤정의 아버지를 도와줄 수 있을 텐데 말이다.

‘윤정 씨가 기다리고 있어! 근데 조급해하면 더 안 된다고 하니 미칠 노릇이구만!’

깨달음이란 게 조급해할수록 더 멀어지는 법이다.

이럴 때는 마음의 안정을 찾고 찬찬히 생각을 하고 고민해야 더 빨리 얻을 수도 있다.

허나 머리는 그렇게 생각하고 있지만, 마음은 안 따라주는 게 현실이었다.

‘그래, 이럴 때는 다른 사람에게 조언을 구하자!’

다른 사람들이라면 도움을 줄 말을 해 줄지도 모른다.

특히 정우라면 더 많은 도움이 되리라 의심치 않았다.

그는 전(前) 중급 헌터다. 중급 헌터였던 자이니만큼 이에 대한 건 빠삭하리라 믿었다.

[무슨 일이지, 재현 군?]

킵보이로 바로 연락을 취하자, 정우가 바로 받았다.

"아, 저기 교관님. 다름이 아니라 조언 좀 듣고 싶어서요."

[조언?]

재현은 자신의 상황을 모두 설명해 주었다.

운디네를 중급 정령으로 만들고 싶은데 깨달음이 부족한 것 같다고 말이다.

사실 다른 사람을 도울 목적이긴 하지만 그건 굳이 말하지 않았다.

[벌써 그렇게 됐나? 헌터가 되는 과정에서 보았던 데이터처럼 성장률이 정말 대단하군. 초급 헌터 이후 능력 감정을 받지 않아 자세히는 알지 못하지만, 중급 정령으로 성장시키는 과정을 밟고 있다면 충분히 중급 헌터의 단계도 밟고 있는 거겠지.]

상당히 놀란 억양이 전해졌다

"그렇게 놀랄 정도로 빠른 건가요?"

[물론이지. 중급 헌터가 되려고 해도 능력에 못 미쳐 평생 되지 못하는 사람이 대다수니까. 그런데 재현 군은 벌써부터 중급 헌터가 될 역량을 밟으려고 하고 있으니 놀랄 수밖에.]

정우는 솔직히 감탄을 하고 있었다.

재현이 초급 헌터가 된 지 4달째가 된다.

근데 벌써 중급 정령으로 성장시킬 단계까지 왔다면 엄청난 성장이란 소리다.

헌터가 되고 중급 헌터가 되지 못하는 사람은 넘친다.

간신히 턱걸이로 중급 헌터가 되어도, 주기마다 심사를 봐서 떨어지면 다시 초급 헌터로 강등된다고 한다.

그런 사람들이 넘치고 넘치는 마당이다.

[그런데 이건 재현 군에게 말할 수 있는 문제가 아닌 것 같다.]

"예? 그게 무슨 소리죠?"

[초능력자들은 정신력만 강하면 능력이 강화되지만, 마법과 관련된 쪽은 깨달음도 동시에 얻어야 하지. 그 깨달음을 남이 준다고 해서 쉽게 얻을 수 있는 것도 아니다. 물론 도움이 아예 안 된다는 말은 아니다만…….]

뒷말을 흐리다가 잠시 후 다시 말을 잇는다.

[잘 찾아오지도 않아 내가 재현 군을 잘 몰라 조언을 해 주고 싶어도, 해 줄 수가 없는 게 현실이지. 아영 양이나 유라 양은 자주 연락하는데 말이지. 아, 요즘 너하고 연락이 잘 안 된다고 하더구나. 설악산 때 같이 파티를 하려고 했더니 연락이 안 닿는다고 하던데…… 대부분 귓속말 거부 상태로 하고 있지?]

"……."

재현은 거기서 대답할 수 없었다. 솔직히 사냥에 열중한다고 귓속말을 거부하는 경우가 태반이기 때문이다.

거기다 가끔은 깜빡하고 귓속말 수신 거부 상태를 푸는 걸 잊기도 했다.

휴대폰은 늘 켜 두기는 하지만 그들에게 번호를 알려 준 적이 없었다.

어차피 킵보이로 서로 코드 번호를 주고받았기 때문에 연락을 할 수 있기 때문이다.

이럴 줄 알았다면 통화라도 자주해 근황을 알릴 걸 그랬다고 생각했다.

[아예 하지 말라고는 안 한다만 되도록 거부 상태는 하지 말거라. 언제 어디서 연락이 올지 모르니까.]

"……예."

[훈계하는 건 아니니까 그렇게 의기소침할 필요는 없다. 그런데 중급 정령이라…….]

정우는 뭔가 생각났다는 듯 말한다.

[일전에 내가 잘못 본 게 아니라면, 운디네가 한 번 운다인…… 그러니까 중급 정령이 된 적이 있었다.]

"……예?"

그건 무슨 소리인가 싶었다.

운디네가 운다인이 된 적이 있었다니?

재현은 얼굴에 떠오른 의아한 표정을 지울 수 없었다.

[어디까지나 잘못 본 게 아니라면이란 소리다. 재현 군을 구출할 때 잠깐 본 거 같은데 다시 보니 운디네가 되어 있더구나. 뭐, 내가 잘못 본 거겠지. 그냥 흘려들어도 된다.]

"아, 예……."

정우가 다른 사람하고 헷갈렸겠지 생각한다.

[그래도 오랜만에 연락을 했으니 정령사들의 사례를 알려 주도록 하지. 듣겠나?]

"오, 그래 주시면 저야 감사하죠."

재현은 경청하겠다는 듯 귀를 바짝 스피커로 향했다. 혹시 몰라 녹음도 잊지 않았다. 킵보이에는 전화처럼 녹음을 하는 기능이 있다.

[정령사들은 정령력과 친화력을 동시에 쌓아야만 다음 단계로 성장시킬 수 있다. 헌데 이 모든 것을 충족시켰는데도 다음 단계로 못 가는 경우도 있다. 잘 듣거라. 혹시 나중에 있을지 모르는 일도 있으니까.]

커흠! 하며 헛기침을 하고 정우가 설명해 준다.

[첫 번째는 깨달음이다. 초능력자들과 다르게 마법과 관련된 능력자들은 깨달음이란 걸 얻어야 다음 단계로 나아갈 수 있지. 일명 벽 허물기인데, 여기서 막혀 다음으

로 나아가지 못하는 사람들이 많다. 정령사도 이에 포함이 되지.]

재현은 공감한다는 듯 고개를 끄덕였다.

뭔가 벽에 막힌 것 같은 답답함이 몰려 오는 게 딱 지금과 같은 상황이다.

[두 번째. 정령사와 정령 간의 갈등이다. 아주 드물지만 정령사와 정령끼리 부딪치는 사례도 적지 않다. 정령사와 정령이 의견 다툼으로 싸울 때가 나오는 경우지. 다만 이 경우에는 며칠은 괜찮지만 장기간 계속되어 화해하지 않으면 계약자의 정령력이 줄어들고 결국 정령과 영원히 계약할 수 없게 된다.]

꿀꺽!

재현이 침을 삼켰다. 설마 이런 경우도 있는지 몰랐기 때문이다.

정령사와 정령이 싸운다니…….

물론 재현이라고 일어나지 않으리란 보장이 없는 말이었다.

지금은 서로 잘 지내고 있다지만 언제 틀어질지 모르는 일이기 때문이다. 사례로 말해 준 정령사도 아마 그런 상황은 전혀 예측하지 못한 것이리라.

[이 경우, 정령사가 한 정령을 왕따시키고 편애하는 것

때문에 생긴 일이다. 인간인 이상 조금 더 마음이 가는 쪽을 잘해 주게 되는 건 정령들도 이해해 주지만 그게 너무 지나친 거지.]

"왕따시킨 것부터 잘못이네요."

재현은 절대 그럴 일이 없다.

이렇게 귀여운 녀석들을 어떻게 왕따를 시킨단 말인가!

감정도 공유하고, 친구라 말해 주는 정령들이다.

곤란한 일이 있으면 먼저 다가와서 손을 내밀어 주는 고마운 존재들을 무시하는 건 파렴치한 짓이라고 생각한다.

재현에게 있을 수 없는 일이다. 오히려 그런 사람들을 생각하니 혐오할 정도다.

[그래. 혹시 모르니 재현 군은 이러지 않지?]

"절대 안 그럽니다. 그런 사람들을 오히려 이해하지 못하겠네요. 전 정령들과 늘 사이좋게 지내요."

[그래, 그러면 된 거다. 그럼 세 번째, 정령이 다음 단계로 가는 것에 거부하는 경우다.]

"정령이 거부한다니요?"

그런 경우가 있나 싶었다. 정령이 다음 단계로 가길 거부한다니.

이건 아무리 생각해도 이해가 가지 않는 일이었다.

[말 그대로다. 정령이 다음으로 넘어가길 거부하는 경

우다. 이건 정령이 어떠한 이유로 중급으로 넘어가길 원치 않는 경우에 해당한다.]

"……."

[한 가지를 예로 들면 한 정령사가 정령의 귀여운 모습이 좋다고 해서 쭉 그 모습으로 남겠다고 정령이 다음 단계로의 진화를 거부했다고 한다. 이건 정령사가 어떻게 다시 설득해 좋게 끝나 무사히 다음 단계로 되었다고 하지만, 상황이 좋지 않게 되어 두 번째 사례로 된 경우도 있지.]

"……."

고작 그것만 들었을 뿐인데 엄청나게 긴장된다.

혹시 자신이 그냥 했던 말에 정령들이 마음에 담고 있는 게 아닌가 싶었기 때문이다.

일단 실제로 있던 일이니 자신에게 일어나지 말란 법이 없어 내심 불안한 것도 사실이다.

"그 외에도 있나요?"

[그래. 그 외에도 여러 가지 사례가 있지만 다 말하기에는 좀 많구나.]

"그럼 혹시 자료를 보내 줄 수 있으신가요?"

[어차피 공개된 자료니까 헌터 사이트에 가서 열람이 가능하다. 내가 말해 준 자료는 일부니까 거기서 찾아보

는 게 훨씬 더 많을 거다. 앞으로 조심해야 할 참고 사항 같은 것도 있으니 보는 것도 유용할지도 모르겠구나.]

"아, 그렇군요. 감사합니다, 교관님."

[이 정도로 감사까지야. 정 감사하면 자주 연락하거라. 교관이 자기가 맡은 헌터가 뭘 하고 지내는지 전혀 모르고 있으니 얼마나 답답한지 아나?]

"하하……."

재현은 면목없다는 듯 어색하게 웃었다.

"자주 연락드릴게요. 어쨌든 정말 감사했습니다."

[그래. 조언해 달라고 연락했는데 별로 상관없는 얘기만 했군. 다음에 도움을 줄 수 있는 거라면 아낌없이 도와주도록 하마.]

"그래도 유익한 정보였어요. 다음에 운디네가 중급 정령이 되면 한번 찾아뵐게요."

정우가 혹시 운디네가 중급 정령이 되면 나중에 검사받으러 오라고 말한 뒤, 통화가 종료되었다.

재현은 결국 다시 원점으로 돌아갔구나 생각한다.

혹시 정령들은 다른 도움이 될 만한 걸 알고 있을까 생각하며 바라볼 때였다.

유독 운디네의 표정이 어둡다. 눈이 마주치자 다시 얼굴에 미소를 띠는 운디네.

재현은 잠깐의 운디네의 얼굴을 보고 정우가 해 준 말이 떠올랐다.

'에이, 설마.'

설마 운디네가 그럴 리 없다 애써 부정하며 재현은 다시 고민에 잠긴다.

이건 오랜 고민이 필요할 것 같았다.

*　　*　　*

결국 아무런 소득도 없어서 재현은 일단 아무거나 해 보기로 했다.

사냥은 지겹게 했는데 새삼 또 해 봤자 깨달음이 올 것 같지 않아 다른 걸 해 보기로 했다.

평소에 잘 하지 않았던 것.

바로 정령력 컨트롤이다.

정령석을 만들기 위해서는 반드시 필요한 정령력 컨트롤. 이게 쉬우면서 어려운 작업이다.

다들 재현이 깨달음이 얻길 위한 수련을 생각하느라 머리를 맞대어 나온 게 바로 정령석을 만드는 것이다.

정령사들은 주로 방랑을 하며 깨달음을 얻거나 하지만, 재현은 그럴 시간이 없다.

방랑을, 여행을 하며 깨달음을 얻는 건 자연스럽게 얻는 것이다.

시간에 구애받지 않는 사람들에게는 괜찮겠지만 빨리 깨달음을 얻기 위해서는 평소 해 보지 않았던 것이 낫지 않을까에 도달한 것이다.

그래서 그가 하게 된 건 평소에 안 해 본 정령석 만들기다. 다만 이번에는 더욱 특별한 정령석을 만드는 것이다.

"인챈트 스톤을 만들 거야……."

"인챈트 스톤? 그게 뭐야?"

생소한 것이라 재현은 고개를 갸웃거렸다. 메타리엔은 인챈트 스톤이 무엇인지 말해 준다.

"쉽게 말하자면…… 속성이 부여된 정령석이야…… 그걸 인챈트 스톤이라고 불러……."

재현은 별 희한한 게 다 있구나 생각하고 있었다. 허나 이걸 어디에 쓰는지 대충 알 것도 같았다.

"그럼 이걸 장비에 넣으면 그 속성이 입혀지는 거야?"

"응…… 하지만 여러 가지 속성을 넣지 못해……."

무조건 한 가지만 넣을 수 있다는 것이다. 메타리엔은 인챈트 스톤에 대해 자세히 설명해 주었다.

인챈트 스톤은 인위적으로 속성을 넣어 장비에 녹이면 그 속성에 대한 공격과 내성을 얻을 수 있다는 것이다.

무기에 뇌 속성을 넣는다면 감전 효과를 얻을 수 있고, 풍(風) 속성을 넣는다면 더욱 날카로운 공격을 할 수 있다는 것이다.

방어구에 한다면 속성에 대한 방어력이 생긴다고 한다.

'뭐야 이거. 엄청 좋은 거잖아?!'

속성이 담긴 무기들. 매직 아이템을 만들 수 있다는 소리가 아닌가!

재현은 이를 보며 기가 막힌 표정을 지었다.

아무 무기를 사서 인챈트 스톤을 사용해 속성을 부여하면 비싼 값에 팔 수 있다는 소리였다.

매직 아이템은 흔한 게 아니지만, 구할 생각이면 구할 수 있다. 돈만 있다면 말이다.

매직 아이템의 가격은 하나에 몇 천만 원이다. 그만한 값어치가 있으니 당연히 많이 사 간다.

'나 이것만 팔아도 금방 돈 벌 수 있는 거 아냐?'

그런 생각이 떠오르자 재현의 눈이 빛나기 시작한다. 그의 생각을 읽었는지 메타리엔이 덧붙여 말한다.

"하지만 인챈트할 확률은 적어……."

"얼마나?"

"삼백 개를 해서…… 하나 성공할 정도? 인챈트 하다가 실패하면 바로 파괴돼…… 거기다 인챈트 하는 데 최소 반나절은 걸려…….”

“…….”

만들어서 팔 생각은 싹 사라지고 차라리 사냥하는 게 훨씬 이득이라 생각했다. 차라리 인챈트는 포기하자고 생각했다.

“그래도 이것도 쓸 곳은 있어…….”

“어디에?”

“친화력을 높일 때 도움을 줘…….”

“필요하긴 하겠군!”

매직 아이템으로 팔지는 못하더라도 최소한 자신과 같은 정령사들에게 반드시 필요한 것이 아닌가!

거기다 정령사들에게 팔면 꽤 값어치를 하지 않을까가 재현의 생각이다.

물론 정령사의 숫자가 그리 많지 않은 게 흠이고, 다른 정령사들도 만들 줄 안다면 팔지도 못할 것이다.

그렇다 하더라도 자신에게는 큰 도움이 될 테니 만들어 둬서 나쁠 건 없다고 생각했다.

“그럼 만드는 법을 알려 줘.”

“응…….”

메타리엔은 손수 시범을 보여 주며 인챈트 스톤을 만들어 내기 시작했다. 재현은 메타리엔에게 설명을 들었다.

자신이 만들어 내고 싶은 속성을 생각하며 정령력을 불어넣는다. 단, 정령력을 불어넣을 때, 잘 조절하고, 속성을 불어넣어야 한다고 한다.

수 속성은 물의 기운을, 화 속성은 불의 기운을.

"무슨 말인지 이해는 하겠는데, 어떻게 하는지 잘 모르겠는데?"

솔직히 말해 정령력으로 어떻게 속성을 불어넣어야 한다는 건지 모르겠다. 메타리엔은 고민을 하더니 고개를 저었다.

"이게 재현의 과제…… 설명하기 힘들어……."

"일단 부딪쳐 보고 알아내라는 소리지?"

인챈트 스톤은 정령석으로 만드는 것이다.

수정체를 정령석으로 만들고, 정령석을 인챈트 스톤으로 만드는 과정을 거쳐야 한다.

정령석은 만들 줄 알아 만드는 건 그리 어렵지 않았다.

하지만 인챈트 스톤은 처음 만드는 것인지라 바로 파괴되었다.

"역시 어렵군."

그래도 포기하지 않는다. 나름대로 오기가 생겨 재현은 인챈트 스톤 만들기에 집중했다. 그가 집중을 하니 눈빛부터 달라졌다.

"집중하는 모습이 뭔가 멋있어요."

노움은 재현이 집중하는 모습을 보고 생각했던 걸 그대로 말했다.

썬더러는 고개를 끄덕였다.

"그렇지? 재현이는 하나에 집중하면 그거에 파고드는 게 좀 흠이긴 한데 집중하는 모습을 보고 있으면 멋있어 보이지."

마치 자신의 일인 것처럼 자랑스럽게 말하는 썬더러.

자부심이 느껴진다고 해야 할까?

썬더러는 그만큼 재현을 생각하는 게 남다른 것이다.

"그런데 운디네. 왜 그래? 낯빛이 좀 안 좋은 거 같은데."

"아무것도 아냐."

"……?"

썬더러는 고개를 갸웃거렸지만, 운디네는 시선을 피할 뿐이다.

"끙…… 또 파괴됐어."

이와 중 재현이 앓는 소리를 냈다.

* * *

'어렵다.'

엄청나게 어려웠다. 메타리엔은 나름대로 설명을 정리해 말해 주고 있었지만, 만들 수 없었다.

머리로는 이해하고 있지만, 어떻게 하는지 아직 감이 잡히지 않았다.

조금만 정령력을 불어넣으면 파괴되었기 때문이다.

다행히 파괴만 되지, 폭발은 일어나지 않았지만 그래도 나름대로 골머리를 앓고 있었다.

'이게 정말 깨달음을 줄까?'

솔직히 의문이 들기 전에 포기할까란 생각이 먼저 들었던 때가 있다.

정령들이 나름대로 고민하고, 고민하며 자신에게 깨달음을 주기 위해 노력하고 있다는 걸 옆에서 지켜보고 있어 잘 안다.

머리를 쥐어짜며 어떻게 하는 게 자신에게 도움이 될지 서로 머리를 맞대는 정령들을 보면 재현은 그들을 위해서라도 포기할 수 없었다.

그 때문에 열흘간 부숴 먹은 수정체가 몇 개인지도 모르겠다.

어쩔 수 없이 수정체가 떨어지면 구해 와야 하는 상황이다.

재현은 수정체가 떨어지면 한꺼번에 사냥을 해 수정체를 조달해 왔다.

"힘들다, 메타리엔. 잠깐 나 휴식 좀 할게."

메타리엔이 고개를 끄덕였다. 메타리엔은 재현이 궁금한 게 생기면 바로 말해 주기 위해 잠도 안 자고 옆에서 지켜봐 주었다.

그가 휴식을 한다고 하자, 메타리엔이 그의 무릎 위로 올라타더니 몸을 웅크리며 눕는다. 그리고 잠깐 눈을 붙인다.

하루 종일 잠을 자도 피곤하다고 하는 메타리엔이다.

메타리엔은 피곤한 걸 억지로 참으며 도와주고 있는 것이다.

그는 메타리엔의 머리를 쓰다듬으며 다른 정령들도 바라본다.

다른 정령들은 여전히 머리를 맞대며 열띤 토론을 하고 있다.

이게 좋다, 아니 저게 좋다.

자신을 위해 끝까지 뭔가를 계속 생각해내는 녀석들을 보자니 고맙고도 미안한 마음이 들었다.

그렇게 약 10분을 쉬었을까, 다시 작업을 재개한다.

메타리엔은 옆에서 지켜보고 있었다. 정령석에 정령력

을 넣고 얼마 지나지 않아 다시 파괴된다.

이 작업을 반복하니 열 받았다.

뭘 만들려고 해도 만들어지지 않으니 그 답답함이야 오죽할까.

재현이 파괴된 정령석을 구석에 던져 버리고는 벽에 등을 기댔다.

"자연의 속성을 어떻게 넣는지 알아야지……."

재현은 후우, 한숨을 내쉬며 인챈트 스톤 제작에 손을 떼고 팔짱을 끼었다.

메타리엔이 말해 줘도 모를 자연의 속성.

이걸 어떻게 해야 조절이 가능한지 전혀 모르겠다.

그래서 정령력을 들이붓고 있는데, 그게 마음대로 되지 않았다.

이 속성을 넣고 싶다고 생각해도 마찬가지다.

그렇다면 정령력에 변화를 줘야 한다는 얘기가 아닌가 싶기도 하다.

곰곰이 생각해 보니 자신은 뭔가를 계속 놓치고 있는 기분이 들었다.

그럼 무엇이 문제인지 다시 곱씹어 본다.

자신이 부족했던 게 뭔지, 놓치고 있는 게 뭔지.

"정령력이란 게 불처럼 뜨겁게, 물처럼 시원하게, 바

람처럼 부드럽게, 대지처럼 딱딱하게, 얼음처럼 차갑게…… 정령력은 말 그대로 자연의 에너지."

전에 썬더러가 해 줬던 말을 그냥 심오한 뜻으로만 생각했는데, 이것에 대해 깊게 생각하니 머릿속에서 수많은 생각이 떠올랐다.

"어, 잠깐만."

재현은 뇌리에 뭔가 스쳐 지나가는 것을 느꼈다.

그는 멍하니 다시 그 말을 곱씹어 보았다.

그는 깊은 생각에 빠져들었고, 자신도 모르게 눈을 감고 명상을 하게 되었다.

곧 재현의 몸에서 변화가 일어나기 시작했다.

그의 몸에서 정령력이 잔잔하게 흘러나오며 집 구석구석을 메운다.

"이건 설마……."

썬더러가 놀란 듯 입을 틀어막았다. 다들 침묵을 지키며 그를 바라보았다.

그의 무릎 위에서 자고 있던 메타리엔도 조심스럽게 빠져나와 거리를 벌린다.

가장 중요한 순간이다.

그는 지금 방금 전 떠오른 생각을 정리하고 깨달음을 얻기 위한 과정을 거치고 있는 것이다.

모두 침묵을 지키는 가운데, 떠들썩하던 집이 순식간에 조용해졌다.

그렇게 몇 시간이 지났을까. 재현의 몸에서 흘러나오던 정령력이 다시 그의 몸속으로 잔잔하게 흘러 들어간다.

이를 조마조마하게 지켜보고 있던 정령들이 쪼르르 재현에게 다가온다.

"재현아, 어때?"

"뭔가 굉장한 경험을 한 거 같아."

재현은 땀으로 옷이 젖어 있었다.

이마에는 땀이 비에 맞은 듯 흐르고 있었다. 허나 그는 찝찝함보다 개운함을 느끼고 있었다.

"썬더러가 정령력에 대해 설명해 준 것을 깊게 생각하지 않았는데, 엄청나게 크게 깨달은 거 같아."

"그, 그래?"

"응. 고마워, 썬더러. 네 덕분이야. 물론 노력해 준 다른 정령들도 마찬가지고."

재현이 모두를 끌어안았다. 땀 냄새가 나서 안기는 게 싫을 법도 할 텐데 다들 아무렇지 않게 포옹을 받아 준다.

"우, 운디네?"

그때 운디네의 몸에서 이변이 생긴다.

운디네의 몸에서 빛이 일며 사방으로 퍼진다.

운디네는 상당히 당황한 듯 놀란 표정으로 자신의 몸을 바라본다.

썬더러가 소리친다.

"운디네가 중급 정령이 되고 있어!"

재현의 눈이 휘둥그레진다.

그렇게 원하던 운디네가 중급 정령이 되는 것이다.

재현은 기뻐서 지금 당장이라도 춤이라도 출 기세다.

허나 그의 기쁨도 잠시, 운디네의 감정이 전해져 왔다.

재현의 기쁨이 순식간에 사라졌다.

운디네에게서 전해진 감정은 평소와 다른 슬픔의 감정이었다.

"우, 운디네?"

운디네가 고개를 푹 숙이고 있다.

주먹을 꽉 쥐며 고개를 떨구고 있던 운디네의 입이 떨어졌다.

"시, 싫어……."

"으, 응?"

운디네의 몸에서 휘황찬란하게 퍼지던 빛이 순식간에 일그러진다. 모두가 이 광경에 의아한 듯 바라본다. 빛은 곧 사라지고, 운디네의 원래 모습이 남아 있다.

다만 평소와 달리 밝은 미소 띤 얼굴이 아닌 슬픔으로

가득한 모습이었다.

"중급 정령이 되기…… 싫어. 재현아, 미안해…… 난 너를 다치게 하고 싶지 않아……."

또르륵.

운디네의 눈에서 눈물이 한 방울 흐른다.

재현은 당황하며 운디네를 바라보았다.

갑작스러운 운디네의 거부와 울음에 재현은 머리가 멍해졌다.

사르르르.

운디네의 형체가 사라진다. 정령계로 되돌아간 것이다.

이를 바라보던 재현은 운디네가 방금 전까지 있던 곳을 멍하니 바라본다.

*　　*　　*

'운디네, 듣고 있어?'

[…….]

'운디네, 대답해 줘. 듣고 있는 거지?'

[…….]

큰일이라고 재현은 생각했다.

운디네에게 텔레파시를 보내도 운디네는 대답조차 하

지 않았다.

자신의 목소리를 듣고 있는 것 같은데 깔끔하게 무시당하고 있는 것이다.

소환을 해도 마찬가지다.

물줄기가 생성되기는 했지만, 다시 사라진다.

정령이 소환에 응하지 않으면 소환할 수가 없었다.

"운디네가 왜 저럴까?"

다른 정령들이 머리를 맞대며 깊은 고민에 빠져 있었다.

다음 단계로의 진화 거부에 이유를 생각하고 있는 것이다.

딱히 짚이는 게 없어서 다들 심각한 얼굴을 짓고 있었다.

가장 심각한 얼굴이 된 건 재현이었다.

자신이 모르는 사이에 운디네에게 심한 말을 했나 싶었다.

그것을 알기 위해서는 어쩔 수 없이 운디네에게 물어봐야 하지만 대답이 없다.

운디네가 괜히 저러는 것이 아니라는 건 잘 알고 있다.

하지만 영문을 모르니 재현은 알아낼 방도가 없었다.

결국 물어보는 게 가장 빠르다는 걸 생각하고, 썬더러가 일어났다.

"내가 정령계에 가서 물어볼게."

"그래 줄래? 미안하지만 수고 좀 해 줘."

자신도 정령계로 갈 수 있었다면 가 봤을 것이다.

인간인 이상 정령계를 가지 못하니 당연히 다른 정령들이 해 줄 수밖에 없었다.

"혹시 운디네가 이유를 말해 주면 나한테도 알려 줄래?"

"알았어."

썬더러는 고개를 끄덕이더니 정령계로 돌아갔다. 다른 정령들도 혹시 모르니 같이 돌아간다.

늘 떠들썩했던 집이 적적해졌다. 재현은 무엇을 하는 게 좋을지 소파에 앉아 고민을 한다.

하지만 아무리 떠올려도 방도를 찾을 수 없었다.

Chapter 08
운디네의 이유 Ⅱ

3일이란 시간이 지났다.

재현은 운디네에게 몇 번이고 텔레파시를 보냈지만, 응답이 오지 않았다.

정령들이 정령계에서 열심히 운디네에게 말을 걸고 있다고 하지만 말하지 않고 있다고 한다.

차근차근 대화를 하고 싶은 것이 재현의 솔직한 마음이다.

답답한 마음에 하루하루 마음을 졸일 수밖에 없었다.

오늘도 그렇게 고민하고 있을 때 윤정에게서 전화가 왔다.

재현은 그녀의 전화를 받았다.

[재현 씨. 혹시 바쁘세요?]

"윤정 씨. 무슨 일이세요?"

[다름이 아니라, 수련은 잘되어 가시는지 궁금해서요.]

이 상황에서 가장 긴박한 것은 윤정일 것이다. 그녀의 아버지는 날이 갈수록 병세가 악화되고 있는 실정이기 때문이다.

하루라도 빨리 재현이 돌아오길 빌고 있을 것이다.

재현도 마찬가지였지만, 운디네의 갑작스러운 거부로 어떻게 하지 못하고 있었다.

그러나 괜히 걱정을 끼치고 싶지도 않았다.

윤정이 이 사실을 알면 엄청나게 실망할 테니까.

또 자신과 운디네에게 희망을 걸고 있기 때문에 더더욱 말할 수 없다.

"걱정하지 마세요. 순조롭게 되어 가고 있으니까요. 조금만 더 기다려 주세요."

양심에 찔렸다. 결국 할 수 있는 것이 거짓말뿐이다. 아무것도 모르는 윤정은 안심한 목소리였다.

[네, 재현 씨. 믿고 기다릴게요.]

통화는 그렇게 간단하게 마쳤다.

아무리 윤정과의 통화라도 지금 상황에서 오랫동안 할

마음이 안 생겼기 때문이다.

재현은 이틀간 고민을 했지만, 역시 딱히 짚이는 게 없었다.

그래서 헌터총연합회에 들어가 정령사들의 사례들을 뒤져보았다.

그중 정령들이 다음 단계로의 진화 거부 사례들을 찾아보았다.

그 이유와 사례는 다양했다.

〈사건 26-3001125〉

사건 일시: 7월 25일

내용: 정령사의 정령 왕따 사례. 노르웨이의 정령사가 불의 정령, 샐러맨더를 왕따시킴. 정령사는 중급 헌터가 되기 위해 샐러맨더를 중급 정령으로 만드려고 했지만 정령이 이를 거부함. 조사한 바로, 샐러맨더는 정령사를 더 이상 신뢰하지 않게 되어 중급 정령으로 진화하기를 거부함. 샐러맨더를 소환하지 않는 날이 더 많았다고 함. 이유는 샐러맨더가 나오면 꼭 물품을 하나씩 태워 먹어서라고 함. 그 때문에 다른 정령들만 부르고, 샐러맨더는 전혀 부르지 않았다고 최종 조사에서 밝혀짐.

결과: 오랜 정령사의 소환 거부로 샐러맨더와의 계약이 강제로 파기됨. 해당 정령사는 앞으로 정령들과 계약할 수 없게 되었으며 능력을 잃어 헌터 자격을 유지할 수 없게 됨.

정우가 말해 준 것처럼 한 정령을 왕따시킨 경우였다. 평소의 재현이었으면 뭐 이런 사람들이 다 있냐고 속으로 욕해 주었을 테지만, 지금은 그럴 상황이 아니었다.

자신도 이와 같이 실망을 끼쳤을 수도 있기 때문에 남일 같지가 않았다. 재현은 다른 것도 확인해 보았다.

〈사건 26-3001203〉

사건 일시: 9월 1일

내용: 정령이 정령사를 신뢰하지 않은 사례. 일본의 정령사가 깨달음을 얻고 바람의 정령, 실프가 중급 정령이 되려는 단계를 밟았음. 하지만 정령이 이를 거부함. 노르웨이의 정령사 때와 달리 이 정령사는 정령을 오히려 더 챙겨줌. 다른 정령들도 이를 증명함. 왕따시키지 않았음이 확인됨. 이 정령사는 자신의 힘을 남발하는 경향이 많아 주위에 폐를 끼칠 때가 많았다 함. 실프는 자신이 더 강해지면 주위에 폐를 더 심하게 끼질

거라 판단해 거부한 사례임.

결과: 정령사가 정령을 설득, 앞으로 주위에 폐를 끼치지 않겠다고 맹세 후, 화해. 정령사는 현재 상급 정령까지 부리는 헌터가 되어 있음.

정령이 정령사를 신뢰하지 않아 거부한 사례도 있었다.

다른 사례들도 보면 공통점이 있었다. 정령들이 진화를 거부하는 것은 정령사들의 잘못이 크다는 것이다.

정령들에게 친구란 언제나 신뢰할 수 있는 존재라고 한다.

정령사가 정령에게 신뢰받지 못할 행동이나 그 광경을 보이면 정령들은 불안해한다고 한다.

그럴 때 정령들이 판단을 해 다음 단계로의 진화가 정령사에게 유익한 일인지 고민하게 된다고 한다.

"이유는 몰라도 볼 것도 없이 일단 내 잘못이 있으니까 운디네가 거부한 거란 소리네?"

정령들은 정령사들을 볼 때 나름대로의 심사를 한다고 한다.

다음 단계로 넘어갈 정령사로 적합한지, 적합하지 않은지 말이다.

재현은 운디네의 심사에서 탈락한 것이란 얘기였다.

재현은 운디네에게 실망을 끼친 일이 뭐가 있을까 고민했지만, 역시 기억이 나질 않는다.

무심결에 한 행동으로 실망하거나 신뢰받지 못했다거나 하지 않았을까 싶다.

"막상 이렇게 되니까 어쩐지 좀 실망스럽네."

재현은 운디네를 무조건적으로 신뢰하고 있다.

그 때문에 운디네의 말을 무조건 들어줄 수 있었다.

허나 자신과 달리 운디네는 자신을 신뢰하지 않는다고 생각하니 실망감은 이루 말할 수 없었다.

그렇다고 운디네에게만 실망한 건 아니다.

본인에 대한 실망이 가장 컸다.

심각한 일인데 여전히 자신의 잘못이 뭔지 재현은 감을 잡지 못하고 있다는 것이다.

재현은 깊은 한숨을 내쉰다.

운디네가 대화를 할 때까지 기다려야 하는 것이 답인 것 같았다.

*　　　*　　　*

운디네가 소환을 거부하고, 정령계에 있은 지 5일째.

이제 재현은 속이 타들어 갔다.

점점 정령력이 사라지는 느낌이 들고 있었다.

운디네가 이대로 계속 정령계에 틀어박혀 있으면 재현은 앞으로 운디네는 물론 다른 정령들도 못 볼지도 몰랐다.

한 번 정령과의 계약이 박탈되면 영원히 계약을 할 수 없다고 한다.

친화력이 쌓여 있기 때문에 다른 정령들을 볼 수 있을지도 모른다.

그러나 자신과 계약한 정령들과 다시 계약을 할 수 없다.

그렇게 되면 헌터로서 더 이상 살아갈 수 없게 된다.

솔직히 미래의 걱정이 안 되는 것이 아니다.

인간인 이상 돈을 많이 벌고 싶고, 적성과 맞는 일을 하고 싶었다.

재현에게 있어 헌터의 삶이란 적성에 맞는 천직이었다.

하지만 직장을 잃는 것보다 무서운 건 운디네를 다시 볼 수 없을 수도 있게 되는 것이다.

가장 처음으로 계약하고, 항상 옆에 있어 주었던 운디네에게 솔직히 정이 많이 든 재현이다.

운디네는 그에게 있어 가족과도 같은 존재가 되었다.

운디네만이 아니라 다른 정령들도 마찬가지다.

비록 계약으로 이루어진 친구 관계라고 하지만 재현은

정령들을 진실한 친구로 생각하고 있다.

그런 소중한 존재들을 앞으로 볼 수 없다고 하면 가슴이 미어질 수밖에 없다.

운디네도 이를 원치 않겠지만, 계속 이런 상황이 유지되면 원치 않는 상황이 올지도 모른다.

재현은 결국 정우에게 다시 연락을 하기로 했다.

[연락을 자주 하라고 했지만 이렇게 빨리할 줄은 몰랐군.]

정우는 재현에게 그다지 큰 기대를 하지 않아 좀 의아한 목소리로 그의 귓속말을 받는다.

이번에는 홀로그램 영상으로 서로의 얼굴을 보며 하는 화상 통화였다.

재현은 간단하게 인사했다.

"안녕하세요, 교관님."

[무슨 일 있나, 재현 군? 목소리에 힘이 없군.]

"사실은 말이죠……."

정우에게 말하기로 했기 때문에 재현은 그 이유를 말해주었다.

운디네가 중급 정령으로 진화하려고 하는데 갑자기 거부하고 정령계로 돌아가 소환에도 응하지 않는 것을 말이다.

오늘로 닷새가 되었다는 말도 잊지 않았다.

운디네가 진화를 거부한 얘기를 하자 정우가 곤란한 듯 침음을 흘린다.

그게 당연했다.

잘 지내고 있다고 생각했던 운디네가 거부를 할 줄은 몰랐기 때문이다.

며칠 전 그가 서로 잘 지내고 있다고 자신 있게 말하기도 했었다.

[곤란한 일이 생겼군. 텔레파시를 보내도 응답을 하지 않는다고?]

"네."

[그럼 그때의 상황을 말해 주겠나?]

재현은 운디네가 거부했던 상황이 어땠는지 생각을 정리한 후, 말해 주었다.

그의 말에 경청하며 들어주던 정우는 뭐가 이상한 건지 전혀 모르겠다는 듯 말했다.

[뭔가 잘못한 것 같지 않은데 운디네가 울면서 정령계로 갔다라…… 정말 잘못한 게 없나?]

"그간 계속 생각해 봤는데 딱히 짚이는 게 없어요. 다른 정령들도 제가 뭘 잘못했는지 짚이는 게 없다고 하고 있고요."

[서로 대화로 풀어야 하는데 풀어야 할 상대가 전혀 응

답하지 않으니 곤란하긴 하겠군.]

고개를 끄덕이는 재현. 정우는 곰곰이 생각하기 시작한다. 그리고 잠시 후 입을 열었다.

[일단 다른 정령들은 모르는 거라면 운디네하고만 계약한 상태일 때 일어난 일이 아닐까 생각이 드는구나.]

“그러면 확실히 다른 정령들은 모를 법하긴 한데, 마찬가지로 짚이는 게 없어요.”

자신이 무슨 잘못을 했는지 속 시원하게 말해 주면 좋겠지만, 알 방도가 없다.

썬더러와 계약하기 전에 일어났던 일이라면 이건 운디네만 알고 있는 일이니까.

[그 전에 무슨 이상한 징후는 포착하지 못했니?]

“글쎄요?”

재현이 다시 곱씹어 보았다.

운디네가 뭔가 꺼림칙해했던 감정이라든가 표정을 언제 지었었는지 기억해 내려고 머리를 쥐어짜 냈다.

“아, 중급 정령 얘기가 나오면 가끔씩 복잡한 마음이었던 것 같아요.”

[언제부터?]

“처음부터요. 그러니까…… 제가 홉 고블린 부족장과 싸웠을 때 병원에 입원해 있을 때요. 유라가 운디네한테 그대로라고 하자 운디네의 표정이 심상치 않았던 것 같아요."

처음부터 생각해 보니 그때가 처음이었던 것 같다. 그 전에는 중급 정령 얘기는 했지만, 딱히 아무런 감정도 느껴지지 않았다.

운디네는 유라를 싫어한다.

그래서 자신을 바라볼 때 좀 기분 나쁘게 본 게 아닌가 싶었지만, 잘 생각해 보니 중급 정령과 관련된 얘기만 나오면 표정이 조금씩 어두워졌었다.

[그럼 그 전에 일어났던 일이라는 거군. 중급 정령이 되길 싫어한 이유가 된 게.]

"그 전의 일이란 건가요?"

[그럴 확률이 가장 높지. 이럴 때는 하나씩 찾아가는 게 해답을 알 수 있을 것 같구나. 이 경우에는 나보다 유라에게 연락해 보는 게 좋겠구나. 그녀라면 조금 알고 있는 게 있을 수도 있을 테니까.]

재현은 알겠다고 한 뒤 귓속말을 끊고, 유라에게 연결해 본다.

통화를 하는 게 영 찝찝하긴 하지만 일단 하나씩 찾아가 보는 게 가장 좋은 방법이라고 하니 망설이지 않았다.

다행히 그녀는 얼마 지나지 않아 수락했다.

[무슨 일이야, 화상 통화를 띄운 채 연락을 다하고?]

"오랜만이다."

역시 톡 쏘는 목소리. 날카롭게 비집고 들어오는 그녀의 말투가 상당히 신경이 쓰였다.

하지만 재현은 지푸라기라도 잡고 싶은 심정이었다.

마음 같아서는 그냥 끊고 싶었지만 꼭 알아야 할 일이 있었다.

"물어보고 싶은 게 있어서 말야."

[평소 수신 거부만 하던 녀석이 물어볼 거 있을 때는 잘도 전화하네.]

"……면목없다."

[……말해 봐. 좀 심각한 일을 겪은 것 같은데.]

재현의 목소리에 힘이 없자 뭔가 심각한 일이 있구나 싶어 유라가 더 이상 쏘질 못하고 들어 주기로 한 모양이다.

재현은 정우에게 해 주었던 얘기를 유라에게도 해 주었다. 그의 말을 들은 유라가 기가 막힌 표정을 지었다.

[어쩐지 너 벌써 괴물이 되어 있는 것 같다? 운디네만 하더라도 강한 것 같은데 다른 정령들도 다루고 있다니. 불공평해. 거기다 벌써 중급 헌터가 되려고 단계를 밟는 걸 보니까 샘나네.]

"뭐, 어쩌다 보니 그렇게 됐다. 그런데 말해 줄래? 네가 입원해 있을 때 운디네한테 그대로라고 말했던 이유를?"

중요한 건 그게 아니라며 재현은 다시 화제를 원래대로 돌렸다.

유라는 다행히 그때의 상황을 기억하고 있어 그에게 무슨 말을 꺼낼지 알고 있었다.

[믿을지, 안 믿을지는 네 자유지만 내가 본 걸 말할 게. 홉 고블린 부족장한테 공격당해서 내가 쓰러졌었잖아?]

"응."

[그때 나랑 아영이가 죽을 위기에 처하니까 네가 엄청 열 받아 했어.]

열 받아 했던 기억은 있다. 그러나 그 이후의 기억이 없다.

재현은 경청하며 유라에게서 자신이 기억하지 못하는 것을 상세하게 들었다.

유라에게 들은 내용은 정말 충격적이었다.

자신의 변화와 함께 운디네에게도 변화가 찾아왔다는 것.

그 변화는 운디네가 잠깐 성장했다는 것이다.

외모는 물론 힘도 달라졌다.

'운디네가 성장했었다고?'

이 얘기는 정우에게서 들었던 것과 같은 내용이었다.

운디네가 운다인이 되었었다는 얘기. 당시에 정우도 잘

못 본 것일지 모른다고 말했다.

하지만 유라도 비슷한 말을 하고 있었다.

[그때 운디네가 너한테 이러다가 정령력이 바닥날지도 모른다고 했었어.]

"그래서?"

정령력이 바닥나면 어떻게 되는지 재현이 가장 잘 안다.

기절.

정령력을 다 쓰게 되면 갑자기 기절해 버린다. 그런 상황에서 기절을 하면 어떻게 될지 안 봐도 뻔하다.

[정령력 대신 너의 체력으로 보충한다고 말했던 것 같아. 그때 너 거의 반쯤 정신이 나간 것 같았어. 그리고 정신이 없어서 잘 못 봤지만, 운디네는 그때 복잡한 표정을 짓고 있던 것 같아.]

재현은 이거다 싶었다.

여전히 자세한 것은 알 수 없지만, 유라의 말을 듣고 확신할 수 있었다. 이때를 기점으로 운디네가 재현에게 실망하지 않았을까란 확신이다.

"그것 말고 혹시 더 있어?"

[내가 본 건 그게 다야.]

"혹시 운디네가 네가 그대로라고 말했을 때 쏘아본 건 기억해?"

[기억해. 말하지 말라는 듯한 표정이라서 그냥 입을 다물기로 했지.]

재현은 뭔가 가닥이 잡혀 가고 있는 것 같았다.

이것과 관련된 일이라고 직감적으로 느끼고 유라에게 고맙다고 인사한 뒤, 귓속말을 종료했다.

어쩌면 정우에게 들은 대로 유라에게 연락을 했던 건 정답이었을지도 몰랐다.

재현은 확실히 지푸라기를 잡았다.

"고맙다, 유라야. 대충 감을 잡았어."

[응? 이걸로?]

"나중에 한턱낼게. 지금 바쁘니까 나중에 연락할 게."

[어? 야, 이걸로 그냥 끝내는 게 세상에 어디 있…….]

재현이 바로 귓속말을 종료해 유라는 말을 끝내지도 못했다. 그는 지금 잔뜩 흥분한 상태였다.

* * *

재현은 정령들을 모두 소환해 냈다.

운디네는 여전히 소환에 응하지 않았지만, 다른 정령들은 그의 소환에 응했다.

모두 빙 둘러앉은 채, 재현이 그들에게 자신이 확신하

고 있는 것을 말했다.

그 전에 홉 고블린 부족장 때 있던 일을 말해 줘야 했다.

"화를 절제하지 못하고 불안정하게 중급 정령이 되어서 그런 거였구나."

썬더러는 심각한 표정을 지었다.

"그게 그렇게 큰일이야?"

그의 질문에 대답을 해 준 것은 노움이었다.

"불안정한 상태로 중급 정령이 되었다는 건 그만큼 불안 요소를 많이 안고 있다는 소리예요. 다시 중급 정령이 되면 그때의 마이너스 감정이 본인에게 해를 끼칠 수도 있어요. 운디네는 아마 그걸 걱정하고 있던 걸 거예요."

"자세히 설명해 줄래?"

심각한 것을 자신은 모르고 있는 것 같아 설명을 요구하자 노움이 자세히 설명해 주었다.

정령은 계약자와 감정을 공유하는 존재다.

계약자의 감정은 정령에게 전해지고, 그것이 축적된다고 한다.

긍정적이든, 부정적이든 그것에 따라 정령의 분위기가 달라지고 힘도 달라질 수 있다고 한다.

긍정적이면 좋게, 부정적이면 나쁘게.

잠깐이지만 재현의 폭주로 인한 진화였다면 중급 정령

으로의 진화와 함께 부정적인 요소가 적용된다고 한다.

축적된 감정이 나중에 진화할 때 계약자에게 영향을 끼칠 수 있다고 한다.

정령마다 받아들이는 것은 다르지만, 운디네에게 그 사건은 일종의 트라우마였던 모양이다.

트라우마라는 게 극복하기 힘드니까 트라우마라고 하는 것이다.

운디네는 자신의 트라우마라는 부정적인 요소까지 더해진 상태로 진화하면 불안정한 정령력으로 주화입마에 빠질까 걱정하는 것이 아닐까 추측된다고 했다.

"잠깐. 주화입마라니? 나도 주화입마에 빠질 수도 있어?"

무협지에서 보던 단어다.

한 번 빠지면 자신을 제어하지 못하는 상태. 설마 그것이 자신도 걸릴 수도 있는지 전혀 생각지 못한 일이었다.

정령들은 누가 먼저라고 할 것도 없이 동시에 고개를 끄덕였다.

"어렵구나…… 만일 정말로 내가 주화입마에 빠지면 운디네는 더는 헤어 나올 수 없는 트라우마에 빠질 수도 있겠어. 그래서 내가 다치는 게 싫다고 말한 거였구나?"

물론 자신도 걱정이 되지만, 운디네가 더 걱정이었다. 운디네는 인간과 달리 수명이란 게 존재하지 않는 생명체다.

만일 정말로 재현이 주화입마에 빠져 백치가 되거나 죽는다면 영혼이 소멸하기 전까지 그 죄책감에 시달릴지도 모른다.

이건 재현이 절대 바라는 결과가 아니다.

'운디네는 날 생각해서 그런 거였구나. 난 그것도 모르고…… 바보같이. 그런 게 있으면 말해 주면 좋잖아!'

그가 운디네에게 텔레파시를 보냈지만, 여전히 묵묵부답이다. 그가 걱정하고 있자 썬더러가 말해 준다.

"그런데 내가 봤을 때 이건 풀어내기만 하면 간단한 문제야. 운디네의 불안을 없애면 해결될 거야. 재현이랑 계약하고 나서 난 나쁜 기억보다 좋은 기억이 훨씬 많으니까. 아마 운디네는 그보다 더 좋은 기억이 많을 거라 생각해."

추억이라면 많다.

첫 사냥 때 야영을 하며 실컷 대화도 하고, 서로 머리를 맞대며 전술을 생각한 적도 있다.

그 외에도 집에서 생활하면서 서로 대화도 많이 하고, 놀기도 많이 놀았다.

지금 생각하면 행복한 추억이다. 아마 운디네도 자신처럼 행복한 추억이라고 생각하고 있을 것이다.

"그럼 운디네를 불러 이걸 해결하면 된다는 거네?"

"응."

"그걸 못해서 이렇게 고민하다가…… 어떻게 스스로 찾아낸 단계까지 왔지만 말이지."

운디네를 불러 설득하는 것이 가장 중요한 요소다. 어떻게 하면 불러올 수 있을까 고민이 되었다.

정령들은 그간 이유를 물어보고, 일단 설명을 해 주는 게 좋지 않겠냐며 운디네를 설득했지만 전부 실패했다.

운디네가 이유만 말해 준다면 쉽게 해결할 수 있을지도 모르는 문제는 결국 마지막에 와서도 운디네와 대화가 되어야 했다.

다시 고민에 빠지려고 할 때, 가만히 있던 메타리엔이 말했다.

"재현이가…… 위기에 빠지면 돼……."

"위기에? 아, 맞다. 정령들은 굳이 날 보지 않더라도 계약자가 위험에 처하면 언제든지 도울 수 있다고 했었지?"

이건 운디네와 계약했을 때 처음 들었던 말이다. 그런데 그게 과연 될까 싶기도 했다.

"운디네는…… 재현이를 싫어하지 않으니까 위기에 빠지면 바로 나올 거야……."

그건 가능성이 있는 것 같았다.

재현은 어떻게 하면 위기에 빠질 수 있는지 고민하다가 문득 베란다를 바라보았다.

그리고 자리에서 일어나 베란다의 문을 열고, 난간에 손을 얹었다.

"내가 여기서 뛰어내리면 운디네가 나타나려나?"

혹시나 싶어 재현이 난간에 엉덩이를 붙이고 아슬아슬하게 매달린다.

그가 아래를 바라본다.

여긴 아파트 맨 꼭대기 층이다.

떨어지면 어떻게 될지 다섯 살짜리 꼬맹이들에게 물어도 뻔하다.

사람이 개미처럼 조그맣게 보이고, 근처에 있는 놀이터도 한눈에 다 보였다.

주차되어 있는 자동차들도 장난감처럼 조그맣다.

재현은 이곳에서 뛰어내릴 엄두를 내지 못했다.

인간이 공포를 느끼는 높이를 이미 넘어선 층수다.

거기다 이곳을 뛰어내린다고 해도 한 가지 문제가 있었다.

"일부러 뛰어내리면 오히려 더 화내겠지?"

자신 같아도 그럴 것 같다. 자신을 부르려고 일부러 뛰어내리면 누가 생각해도 화를 낼 것이다.

머쓱한 표정을 지을 줄 알았던 메타리엔은 생각과 달리 여전히 진지한 표정이다.

"아냐, 불러낼 수 있어…… 재현의 의지대로 안 뛰어내리면 돼……."

"누가 밀어주는 것도 문제긴 한데, 어떻게?"

뭔가 말하기를 망설이는 메타리엔. 재현은 궁금한 표정으로 메타리엔을 바라보았다.

"재현이는 날 믿어……?"

"뭔가 좀 불안해지는데 그건 갑자기 왜?"

"묻는 말에만 대답해 줘……."

메타리엔뿐만 아니라 다른 정령들도 믿는다.

재현은 당연하다는 듯이 고개를 끄덕였다.

"당연히 믿지. 너뿐만 아니라 다른 정령들도."

재현은 진심이었다. 그의 진심이 그대로 전달되었기에 메타리엔이 고개를 끄덕였다.

"그럼…… 됐어…… 날 미워해도 되지만 믿어 줘…… 이게 최선이란걸."

무슨 말이냐는 말을 하기 전에 메타리엔이 손을 움직였다.

그가 엉덩이를 붙이고 있던 난간이 흐물흐물 녹았다.

중심을 잃은 재현은 순간 몸이 뒤로 넘어갔다.

"……어?"

놀란 건 재현만이 아니다. 다른 정령들의 눈도 휘둥그레졌다.

재현이 뒤로 넘어가고, 여러 가지 생각이 떠오른다. 설마 메타리엔이 자신을 떨어뜨리고 있는 건가 싶었다.

설마 아닐 거라고 생각했지만 몸은 둘 곳을 잃고 아래로 추락하기 시작한다.

"으아아악!"

이건 진짜라는 걸 너무 늦게 감지했다. 팔과 다리를 아무리 저어 봐도 몸은 한없이 아래로 떨어질 뿐이다.

그 순간 재현은 주마등을 보았다. 행복했던 어렸을 시절부터 방황하던 시절, 지금까지 오게 된 것들이 한순간에 스쳐 지나간다.

[안 돼!]

재현이 주마등을 본 순간, 그의 머릿속에 운디네의 목소리가 울려 퍼지며 정령력이 빠져나가는 게 느껴진다.

콰아악!

재현의 등 뒤로 강력한 충격과 함께 몸이 붕 떠오르더니, 다시 자신의 집 베란다에 안착되었다.

재현은 숨을 거칠게 내쉬며 식은땀을 흘리고 있었다.

'진짜로 죽는 줄 알았네.'

재현은 흐르는 식은땀을 닦았다. 이게 어떻게 된 일인지 전혀 감을 잡지 못하고 있을 때였다.

"메타리엔!"

익숙한 목소리가 들린다. 뒤를 돌아보니 운디네가 분노로 가득 찬 표정으로 허공에 떠 있었다.

*　　*　　*

"……."

메타리엔은 가만히 운디네를 응시한다.

운디네는 분노로 가득한 표정으로 쏘아보고 있었다.

믿었던 친구가 배신을 했으니 당연한 반응이다.

메타리엔은 가만히 운디네의 분노를 담담히 받아 내었다.

이대로 자신이 모든 걸 받아 내겠다는 듯 보였다.

가만히, 아무 말 없이, 무덤덤한 표정을 지으며 자신을 바라보고 있는 메타리엔을 보자 더욱 열이 뻗친 운디네가 수분을 모으기 시작한다.

자신의 가장 강력한 공격을 메타리엔에게 사용할 생각인 것이다.

정령력이 확 빠져나가는 걸 느낀 재현이 그제야 정신을

차렸다.

"무슨 짓이야, 운디네! 메타리엔을 공격하려고 하다니!"

재현이 빠져나간 정령력을 도로 회수하자, 운디네의 주위에 떠돌던 물방울이 사라진다.

운디네의 공격 수단은 그가 정령력을 나눠 주지 않는 것으로 사라지고 말았다.

좋든 싫든 정령들은 계약자의 정령력을 이용해 기술을 사용하는 것이다. 그것을 계약자가 못 하게 막으면 사용할 수 없어진다.

혹시 사태가 더 심해질지도 몰라 다른 정령들도 정령력을 사용하지 못하게 막아 놓았다.

"후우, 됐어. 이건 나중에 메타리엔과 내가 따로 말할 거야."

솔직히 메타리엔이 한 짓은 의외기도 했지만, 운디네를 불러낼 때 효과적인 방법이기도 했다.

하지만 그렇다고 자신을 일부러 떨어뜨리려고 한 건 분명 화를 낼 대목이다.

일단 중요한 건 운디네를 불러냈다는 것이다.

지금 이를 해결하지 않으면 운디네가 다시 정령계로 돌아갈지도 모른다.

그래서 가장 시급한 문제를 먼저 해결하기로 했다.

일단 메타리엔이 있으면 운디네가 진정할 것 같지 않았다.

메타리엔에게는 텔레파시로 나중에 따로 부르겠다고 한 뒤 정령계로 돌려보냈다.

다른 정령들은 어색해진 분위기로 인해 메타리엔을 따라 정령계로 돌아간다.

"그래, 정령계에서 생각은 정리했어?"

"……."

꾹 입을 다무는 운디네.

재현은 인내심을 가지고 운디네를 바라보았다.

급하긴 하지만 재촉해 봤자 달라지는 건 없다.

이럴 때는 운디네가 직접 말할 때까지 기다리는 게 최고라고 생각했다.

한참의 시간이 흐른 뒤, 운디네가 가볍게 고개를 끄덕였다.

"좋아. 일단 대충 추측을 했지만 확실한 게 아니라서 그런데 왜 그랬던 건지 자세히 말해 줄래?"

운디네는 한참을 망설였지만 이내 입을 열었다.

말을 끝까지 안 하면 입을 열 때까지 쭉 자신을 주시할 거란 걸 알고 있기 때문이다.

운디네는 재현에게 모든 걸 말해 주었다.

자신이 어째서 거부한 건지.

시간은 홉 고블린을 사냥하러 갈 때부터였다.

홉 고블린 부족장을 잡을 때, 재현은 폭주를 일으켰고, 그 결과 운디네는 잠깐이지만 중급 정령이 되었다고 한다.

재현은 이미 이성을 반쯤 상실하고, 분노에 몸을 맡긴 상태였기에 운디네는 스스로의 판단으로 재현의 부족해지는 정령력을 체력으로 보충했다.

그런데 그때 평소와 너무 다른 재현의 모습에 운디네는 큰 충격을 받았고, 이것이 결국 트라우마가 되었다는 이야기다.

또한 폭주로 인한 잠깐의 능력 증폭이 재현에게 악영향을 끼칠까 봐 걱정했고, 잘못하면 재현이 주화입마에 빠질 수 있기 때문에 중급 정령으로의 진화를 망설인 것.

전체적으로 보면 결국 썬더러의 말이 맞았다.

"그러니까 그것 때문에 오랫동안 혼자 끙끙 앓았단 말야?"

"……응."

"이 바보가!"

재현이 손을 번쩍 들었다. 운디네는 움찔하며 자신도 모르게 눈을 감고 양손으로 머리를 방어했다.

타인이라면 물리적인 데미지를 받지 않지만, 계약자인

재현이 마음만 먹는다면 운디네를 때릴 수도 있다.

재현이 잔뜩 화가 났을 테니 분명 때릴 거라 생각했다.

하지만 예상과 다르게 재현은 그 손으로 운디네를 끌어안았다.

다정하게 끌어안아 주자 운디네는 의아함을 감출 수 없었다.

"이 바보야. 서로 잘못한 게 있으면 말하기로 한 거 잊었어?"

"……아니. 기억해."

"그럼 말해 줬어야지. 왜 혼자서 끙끙 앓았던 거야."

그 말을 듣고 운디네의 눈에서 다시 한 번 눈물이 흐르며 속에 담아 두었던 모든 말을 토해 냈다.

"나도…… 나도 말하고 싶었어. 하지만 늘 타인에게 조심스러운 재현이가 그런 일이 있었다고 말하면 충격을 받을 것 같았어. 재현이가 상처 입을 것 같았단 말야. 재현이가 나쁜 거야! 왜 날 그렇게 걱정시키고, 내 마음을 아프게 한 거야! 으아앙!"

결국 운디네가 그간 참았던 눈물을 모두 쏟아 내고야 말았다.

그와 함께 재현의 마음으로 운디네의 감정이 전해진다. 그간의 아픔을 너무도 선명하게 느낄 수 있었다.

재현의 눈에서도 눈물이 흐른다. 혼자서 끙끙 앓았을 운디네의 심정도 몰랐던 자신이 너무 한심했다.

정령들에 대해 누구보다 잘 안다고 자부했다. 하지만 재현은 전혀 모르고 있었다.

하루하루 운디네가 어떤 심정으로 자신을 바라보았을지, 그 심정을 이해하지 못했다.

그저 별것 아닌 것으로 흘려 넘겨 버린 자신을 원망했다.

오히려 욕을 들어야 하는 건 운디네가 아니라 재현인지도 몰랐다. 먼저 걱정을 끼친 건 재현이니 말이다.

"화를 내면 왜 그렇게 무모해지는 건데? 자기보다 강한 헌터들하고 싸울 때도 그렇고. 한 번 열 받으면 반드시 배로 복수하는 재현이 너무 걱정되었단 말야."

"미안해. 내가 네 마음을 몰랐어."

운디네의 말대로 재현은 한 번 열 받으면 앞뒤 가리지 않는 불똥 같은 사람이다. 어디로 튈지 모른다. 그래서 위험했다.

이건 학창 시절에 가장 많이 들었던 소리였다.

어지간해서는 화를 내지 않고, 쌓아 두는 재현이다.

그게 쌓이고 쌓여 태산을 이루고, 한꺼번에 폭발해버리면 재현도 스스로 감정을 다루지 못한다.

운디네는 이것을 가장 걱정하며 재현을 바라보았던 모

양이었다.

그는 묵묵히 운디네가 자신에게 쏟아 내는 모든 걸 받아 주었다.

그의 품 안에서 울음을 터트리는 운디네의 모습은 너무나도 가녀린 아이처럼 보였다.

한참 동안 그의 품에 안겨 울었던 운디네가 어느 정도 진정하자, 재현이 물었다.

"다 말했어? 더 말하고 싶은 게 있으면 더 말해."

"훌쩍! 다 말했어."

새삼 운디네를 바라보니 크기가 작아 딱 정령이라 생각했지만 사실 마음은 어린아이처럼 여렸던 모양이다.

재현은 코를 훌쩍이는 운디네의 머리를 그 어느 때보다 자상하게 쓰다듬어 주었다.

운디네는 가만히 그의 품에 안긴 채 그의 손을 거부하지 않았다.

"지금까지 그걸 몰랐던 내가 미안해. 날 용서해 줘, 운디네."

"아냐. 서로 잘못한 게 있으면 말하기로 했는데 말하지 않은 나도 잘못이야."

"나는 화내면 불같이 화내서 옆에서 누가 진화해 줘야 돼. 만약 그런 일이 생기면 네가 해 줄 수 있을까?"

"응. 재현이의 분노의 불은 내가 진압할게. 난 물의 정령이니까."

운디네의 얼굴에 미소가 그려진다.

운디네는 그 순간 재현의 코에 자신의 이마를 가져다 대더니 부비부비 비빈다.

"고마워 재현아."

"뭐가?"

"어쩌면 난 재현에게서 그 말을, 믿음을 가질 수 있는 말을 듣고 싶었던 건지도 몰라. 그 말을 들으니 안심이 돼."

그 순간이었다.

운디네의 전신이 푸른빛으로 감싸이고, 모습이 변하기 시작한다. 동시에 재현의 오른쪽 손등에 있는 계약의 증표에서 빛이 일어나며 새로운 문양이 추가되었다.

곧 운디네의 전신을 감싸던 푸른빛이 사라지고, 여아의 모습에서 앳된 모습이 남아 있는 청소년의 것으로 바뀐다.

재현은 변화한 운디네의 모습을 보고 눈이 휘둥그레졌다.

지금까지 아무런 변화가 없던 운디네에게서 변화가 찾아온 것이다.

성장한 운디네의 모습.

성장한 운디네는 15센티미터의 작은 존재가 아닌, 재

현의 가슴 어림에 닿을 정도의 아담한 체구를 가진 소녀가 되어 있었다.

"우, 운디네?"

"운디네가 아냐."

운디네는 재현과 눈을 가까이 마주했다.

"더 이상 운디네가 아니야. 이제는 운다인이야."

"이게 중급 정령의 모습이야?"

운다인이 고개를 끄덕인다.

몇 센티미터 되지 않던 체구가 갑자기 중학생쯤 되는 체구가 되니 어색하게 느껴졌다.

운다인은 부끄러운 듯 얼굴에 홍조를 띠며 고개를 숙이고 있었다. 운다인은 손가락을 꼼지락거리다가 입을 열었다.

"미안했어, 재현아."

"뭐가?"

"널 못 믿은 것 말이야."

재현은 고개를 저었다.

운디네가 믿지 못할 정도라면 자신의 잘못이 가장 컸을 것이다.

혼자서 끙끙 앓고 있다는 것조차 모르고 그냥 흘려 넘기는 자신의 무책임함도 반성할 기회가 되었다.

“괜찮아. 네가 날 못 믿었다는 건 내가 그만큼 못 믿을 행동을 했다는 뜻이잖아. 이제부터 서로 믿으면서 지내면 돼. 안 그래? 친구라는 게 원래 서로 싸우는 일도 있지만 화해하면 원래대로 등을 맡길 수 있는 존재잖아. 거기다 다른 정령들도 나에게 있어 가장 특별한 친구들이고.”

그렇게 말하고, 재현이 손을 내민다.

“그러니까 친구로서 앞으로도 잘 부탁해, 운다인.”

“응. 나도 잘 부탁해, 재현아!”

운다인이 재현의 손을 잡고 조심스럽게 위아래로 흔들었다.

재현도 이를 계기로 자기도 조금 성장한 것 같았다.

운다인은 그 어느 때보다 밝게 웃고 있었다.

Chapter 09
지금부터 시작

운디네가 진화하여 중급 정령이 되었다.

재현은 윤정에게 곧장 연락 후, 이튿날 병원으로 향했다.

"재현 씨, 오셨어요?"

"네, 윤정 씨."

병실에 도착하자 윤정이 그를 반겼다.

그녀의 어머니는 일 때문에 어쩔 수 없이 자리를 비웠다.

오늘 그녀는 공강이었기 때문에 자리에 있을 수 있는 것이다.

"운다인."

그는 곧장 운다인을 소환했다.

전보다 확연히 달라진 운다인을 보자 윤정은 멀뚱히 운다인을 바라보고 있었다.

"윤정아, 안녕?"

"어? 어, 아, 안녕?"

운다인은 평소처럼 밝게 웃으며 윤정을 맞이했다.

허나 그녀는 운다인을 평소처럼 인사할 수 없었다.

키가 인간처럼 커지고, 얼굴은 중학생과 같은 모습.

하급과 달리 확실히 성장한 모습인터라 놀라지 않을 수 없었다.

재현은 놀란 그녀를 뒤로하고 중요한 것을 먼저 하기로 한다.

"부탁해."

"응. 맡겨 둬."

운다인이 윤정의 아버지의 머리에 손을 댄다.

예전에 그녀의 아버지의 몸을 살펴보았기 때문에 치유해야 할 곳이 어디인지 잘 알고 있었다.

그래도 혹시나 다른 곳도 문제가 없는지 확인한다.

재현은 정령력이 빠져나가고 있는 걸 느끼고 있었다.

운다인이 된 후로, 소환만 하더라도 정령력을 배로 잡아먹었다.

운다인을 소환하고 다른 정령들까지 소환하면 반나절도

소환하지 못하는 지경에 이를 정도다.

다행히 중급 정령사가 되면서 정령력 탱크가 커져 그간 넘쳐흘렀던 정령력을 다시 자신의 것으로 삼을 수 있게 되었다.

정령력이 차곡차곡 쌓이게 되면 앞으로 소환 시간이 더 길어질 것이다.

치유를 하게 되면 막대한 정령력이 들기 때문에 재현은 다른 정령을 소환하지 않고 있었다.

"다행히 다른 곳에 문제가 있거나 악화되지는 않은 것 같아. 충분히 고칠 수 있어."

윤정이 기쁜 듯 운다인을 와락 안았다.

"정말이니, 운디네?"

"응, 윤정아. 그리고 앞으로 운다인이라고 불러 줘."

"운다인……?"

윤정은 정령이 진화하면 이름도 바뀐다는 걸 모르고 있었다.

재현은 그녀에게 이를 설명해 주자 간단히 이해했다.

"치유하는 건 얼마나 걸릴 것 같아?"

"확언할 수는 없어. 며칠간 지속적으로 해야 한다는 것 외에는."

운다인도 정확한 시간까지 알 수 없는 모양이다.

그래도 오래는 걸려도 치유는 가능하다고 하니 재현이나 윤정은 안심이 되었다.

그녀는 짐을 하나 내려놓은 듯 한결 가벼운 표정을 지었다.

"윤정 씨는 어떻게 하실 거예요?"

"옆에 있을게요. 도울 게 있으면 말씀해 주세요."

재현은 고개를 끄덕이더니 들고 온 가방을 내려놓았다.

가방을 여니 안에서 생수통이 나왔다.

"정화수예요. 제가 달라고 하면 컵에 따라 주실래요?"

"네."

정령력의 회복에 도움을 줄 정화수다.

능력을 사용하면 정령력이 회복되지는 않겠지만 소비되는 정령력을 일정치 줄일 수 있다.

그것을 생각해 최대한 많이 만들어 온 것이다.

"그럼 시작하자."

"응."

재현이 환자 침대 옆에 있는 간이침대에 앉았다.

운다인은 윤정의 아버지 손목을 짚으며 치유를 사용한다.

다량의 정령력이 빠져나가는 걸 느끼면서 재현은 가만히 지켜보았다.

그가 할 수 있는 건 운다인이 최대한 오래 치유할 수 있게 정령력을 공급해 주는 것이다.

일정치만 남긴 후에 중단했다가 쌓이면 다시 하는 식으로 한다.

'이 정도면 대략 한 시간 만에 정령력을 다 쓰겠군.'

한 시간에 한 번. 정령수를 마시고 약 10분 정도 휴식을 취한다면 정령력을 다시 회복할 수 있을 것이다.

면회시간까지 총 다섯 번은 할 수 있다. 이것을 반복해서 며칠간 하면 된다.

별것 아니라고 생각하며 재현은 정령력이 얼마나 남았는지 꾸준히 확인했다.

"어머, 땀 좀 봐."

정령력이 대량으로 빠져나가자 재현이 땀을 흘리기 시작했다.

운다인은 재현의 힘을 빌려 쓰는 것이다. 수고는 운디네가 하고 있지만 힘든 것은 재현이었다.

윤정은 수건으로 그의 이마에 맺힌 땀을 닦아 내 주었다. 재현은 미소를 지으며 감사 인사를 빼놓지 않았다.

그렇게 면회 시간이 끝날 때까지 한 시간에 10분 정도만 쉬고 치유를 반복했다.

하루 동안 다섯 번의 치유를 했다.

얼마나 도움이 되었는지 모르겠지만, 그녀의 아버지의

얼굴색이 많이 좋아진 것 같았다.

땀이 온몸을 적셔 물에 빠진 것 같았다.

병실 가득 그의 땀'냄새가 퍼져 환기까지 시켜 놓은 상태였다.

내일부터는 갈아입을 옷을 가져와야 할 것 같았다.

재현이 돌아가기 위해 병원을 나서자, 윤정이 밖까지 배웅해 주었다.

"내일부터 아침에 올게요."

"예? 너무 무리하시는 거 아니에요?"

"윤정 씨 아버님이 빨리 쾌차하시려면 최대한 많이 하는 게 좋잖아요."

이왕 해 주기로 한 거 최대한 단축시키는 게 낫다고 판단했다.

재현도 나름 바쁜 몸이다.

운디네가 중급 정령으로 진화했으니 중급 헌터 심사도 보아야 했다.

"고마워요, 재현 씨."

"아뇨. 이 정도로 뭘요."

"늘 감사하죠. 제 부탁을 다 들어주시고요."

재현은 멋쩍은 듯 머리를 긁었다.

"이 정도 가지고 뭘요. 윤정 씨니까 도와주는 거죠."

"호호, 그렇게 말씀해 주시니 고마워요."

"일단 내일 또 올게요. 내일도 계시나요?"

"네. 당분간 여기에 있기로 했어요. 어머니가 일을 나가야 하니까요."

가장이 쓰러졌는데 어머니가 병간호도 안 하면 화내거나 원망할 법도 하지만, 그녀는 어린애가 아니다. 그녀는 어머니를 이해하고 있다.

윤정의 집은 대한민국의 전형적인 맞벌이 집이다.

가장이 입원해 있는데 나머지 한 명도 일을 쉬게 되면 순식간에 가정이 어려워질 것이다.

그렇다고 재학생인 윤정이 남는 것도 문제가 있다. 그러나 윤정은 이미 교수들을 찾아가 자신의 아버지의 사정을 말해 놓았다.

교수들이 다행히 그녀의 사정을 이해해 줘 출석을 못 하는 대신 과제 제출로 해 주었다고 한다.

재현은 그녀와 헤어지고서 트럭에 탑승한다. 며칠이나 왔다 갔다 해야 할지 모르지만 귀찮다거나 그런 생각은 전혀 들지 않았다.

"운다인 오늘 수고했어."

"재현이가 더 수고했어."

"운다인. 내친 김에 집에 가고서 치료수도 만들면 병세가 더 빠르게 호전되겠지?"

"응. 분명히 그럴 거야. 지금 내 힘을 최대한으로 끌어올려서 좋은 치료수로 만들게."

운다인도 재현과 마찬가지로 윤정을 적극 돕기로 마음을 먹어 주먹을 꽉 쥐었다.

재현은 피식 웃으며 집을 향해 운전을 했다.

*　　*　　*

여긴 어딜까.

간혹 귓가에 익숙지 않은 소리가 들려오고는 했다.

남자의 목소리가 들리는가 하면 익숙한 목소리가 들려오기도 했다. 삑삑거리는 소리가 귓가에 아른거린다.

최근 계속해서 들려오는 소리다. 처음에는 끊겨서 들렸는데 이제는 어느 정도 선명하게 들려온다.

눈을 뜨고 싶다. 하지만 눈이 안 떠진다.

지루하다. 빨리 일어나고 싶다. 하지만 몸도 잘 안 움직여진다.

"아빠는 언제쯤 깨어날까요?"

희미하지만 들려온다. 이건 윤정이, 내 딸의 목소리다.

최근 목소리를 들으면서 한 가지 알게 되었다.

난 어떠한 이유로 병원에 입원해 있는 것이다.

기억은 안 난다. 왜 입원한 건지.

교통사고처럼 불의의 사고를 당한 건지 어쩐지 알 방도가 없다.

최근에는 좀 많이 좋아졌지만, 의식만 간간이 있을 뿐 곧 다시 잠드는 것이 일상이다.

"잘 모르겠지만 아마 곧 깨어나실 거예요. 운다인이 하루도 빼놓지 않고 치료를 계속하고 있으니까요. 운다인도 치료를 다 끝냈다고 해요."

의사의 목소리일까? 알 수 없는 말을 하며 내 딸을 안심시키고 있다.

왜 내가 여기에 이러고 있는지 알 수 없지만 눈을 뜨고 싶었다. 억지로 눈을 떠 보려고 해 본다.

눈을 뜬 건지 안 뜬 건지 알 수 없다.

하지만 뿌옇게 보이는 시야를 보니 일단 뜨긴 한 모양이다.

눈을 떴어도 형태를 알아볼 수 없어 뭐가 뭔지 구분이 되지 않는다. 그래도 일단 안심이 되었다.

"어? 엄마, 아빠가 눈 뜨셨어요!"

"여보!"

내 딸과 아내의 목소리가 들려온다. 살색의 뭔가가 자신의 얼굴 가까이에 있는 것 같았다.

구분은 여전히 안 되지만 아내와 딸의 얼굴이겠지 생각한다. 잠시의 시간이 지나자 서서히 초점이 맞기 시작한다.

점점 형태가 갖춰지고, 주변 사물을 구분할 수 있게 되었다.

눈앞에 보인다. 아내와 윤정이가. 나는 힘겹게 입을 열었다.

"여보. 윤정아."

아내와 딸을 부르니 둘이 엉엉 울며 내게 안겨 온다. 아직 몸이 나른하고 졸리다. 눈이 저절로 감긴다. 나는 다시 잠에 빠져들기 시작했다.

* * *

얼마나 잠을 잤을까. 허준영은 기지개를 켜며 눈을 뜨고 일어났다.

"아빠, 일어나셨어요?"

윤정은 준영이 깨어나자 밝은 미소를 짓는다.

그는 주위를 둘러본다.

주위를 바라보니 자신의 몸에 전극과 링거가 다닥다닥 붙어 있었다. 그리고 향한 곳은 달력이었다.

달이 바뀌어 있었다. 기억하기로 3월이었는데 벌써 4월이 되어 있었다.

시간을 보니 오후 두 시였다.

"몸은 어떠세요?"

"몸?"

준영은 몸을 움직여본다. 손발이 자유로웠다. 모든 것이 다 자유로웠다. 그는 의아한 듯 윤정을 바라보았다.

"내가 왜 병원에 있는 거냐? 어떻게 된 거니?"

모든 것이 궁금한 준영이다. 중간중간 깰 때 가장 궁금했던 것이 왜 자신이 병원에 입원해 있는가였으니까.

"뇌졸중으로 쓰러지셨어요. 제가 그렇게 말씀드렸는데 결국 아니라고 고집부리시다가 악화된 거예요."

"……."

준영은 뭐라 할 말이 없었다. 의학을 배우는 딸이 그렇게 장담하고 병원에 가 보라고 했는데 그걸 깔끔하게 무시했다.

솔직히 믿고 싶지 않았고, 몸에 특별한 증상도 딱히 없는 것 같았다.

말을 들어도 이해하지 못하는 건 나이 탓으로만 돌렸는데, 윤정의 진단이 정확했던 것이다.

솔직한 심정으로 아직 의사도 아니고, 마냥 어리게만 보았기 때문에 무시했을 가능성도 있다.

뭐라고 변명해도 먹히지 않을 것이다.

"그래도 이제 걱정하지 마세요. 다 호전되었으니까요."

"수술…… 받은 거니?"

그간 입원해 있는 기간을 생각하면 입원비도 장난 아닐 것이다. 거기다 수술까지 받았다면 수술비도 만만찮으리라.

딱히 가난하지도 않지만 그리 부유한 것도 아닌 집이다. 그렇기 때문에 돈 걱정부터 드는 것이다. 물론 그것뿐만이 아니다.

수술비를 내려면 윤정의 성격상 바로 휴학하고 일에 뛰어들지도 모른다. 아무래도 돈을 벌 수 있는 한계란 게 존재하기 때문이다.

윤정은 고개를 좌우로 저었다.

"아뇨. 수술은 안 받았어요."

수술은 안 받고 호전되다니?

준영은 영문을 모르겠다는 표정을 지었다.

"방금 잠깐 뭣 좀 사러 간다고 갔으니까 금방 돌아올 거예요."

"……?"

다른 말 없이 누군가 온다고 하니 의아할 수밖에 없었다. 호랑이도 제 말 하면 온다더니 병실 문이 열리며 한 청년이 들어왔다.

"어? 윤정 씨. 아버님 깨어나셨나요?"

"네. 방금 깨어나셨어요."

재현이었다. 재현은 사 온 음료수를 옆에 두고서 그녀의 옆에 앉는다. 윤정은 그를 소개시켜 주었다.

"이 사람이에요. 아빠를 치료해 주셨어요."

"안녕하세요, 박재현이라고 합니다."

그가 재현을 봤을 때 든 생각은 딱 봐도 의사는 아닌 것 같다는 것이다. 의사가 입는 하얀 가운을 입고 있지도 않았다.

의사들은 근무복으로 정장에 하얀 가운은 반드시 입기로 규정되어 있다.

그것이 아니더라도 병원복이 따로 있다. 하지만 그는 의사와 거리가 한참 멀어 보이는 청년이었다.

그가 입고 있는 옷은 가벼운 티셔츠에 청바지가 전부다. 그리고 옆에는 중학생 정도의 꼬마 아이가 서 있다.

꼬마 아이는 머리카락이 파란색이다. 외모도 보아하니 외국인이다.

파란색 머리카락을 가진 서양인은 처음 봤기 때문에 조금 신기하다는 듯 운다인을 뚫어져라 바라보았다.

솔직히 누군지 모르는 게 당연하다. 확실한 건 자신은

모르는 사람이란 것이다.

"음…… 치료해 주셨다니 감사드립니다. 혹시 의사십니까?"

그래도 가운을 입고 있지 않아도 의사일 수도 있다고 생각했다. 재현은 고개를 저었다.

"아뇨. 헌터입니다."

"헌터요? 헌터가 절 치료해 주었다고요?"

놀란 표정을 짓는 준영.

헌터가 어떻게 치료할 수 있을까란 생각을 하다가 간혹 드물지만 사람의 상처를 순식간에 고칠 수 있는 헌터도 있다는 걸 생각해 냈다.

"그럼 옆에 있는 아이는……?"

"아. 운다인이라고 해요. 제 정령이죠. 그러니까…… 공격도 하고 치료도 가능한 정령이라고 보시면 됩니다."

"정령이요?"

딱 봐도 평범한 아이 같다.

물론 서양인의 외모지만 그것 말고는 특별할 것 없는 아이처럼 보인다.

정령을 잘 모르지만 대충 아는 게 있는 준영이다.

헌터들은 다양한 능력을 쓰는 사람들이 많다고 하니 정령을 다루는 사람이 있다고 해서 희한하게 생각되지는 않는다.

솔직히 헌터를 눈앞에서 처음 봤기 때문에 신기한 건 있다.

"그리고 전에 말씀드렸었죠? 제가 의료 봉사를 하러 갔을 때 몬스터에게서 저를 구해 주신 분이세요."

"아!"

준영은 재현과 윤정이 어떻게 알게 된 사이인지 궁금했는데 그런 인연이었구나 생각한다. 그녀에게서 여러 번 들었었다. 자신을 구해 준 강한 헌터가 있었다고.

그게 눈앞에 있는 재현이라니 당연히 고개를 숙였다.

"제 딸을 구해 준 것도 감사한데 저까지 이렇게 치료해 주시다니. 감사합니다."

"고개를 드세요, 아버님. 사람을 구하는 건 헌터로서 당연한 거예요."

물론 다른 사람이었거나 마음에 안 드는 사람이 구해 달라고 했으면 이 정도의 정성을 안 쏟았을 수도 있다.

재현도 사람이다. 귀찮은 건 굳이 감수하려고 하지 않는다.

하지만 윤정이나 자신과 관련된 일이라면 무엇이든 감수할 수 있었다.

"그리고 편하게 말씀해 주세요, 아버님. 듣는 제가 불편

하네요."

"그래도 되겠나?"

솔직히 나이가 자신보다 높은 사람에게 존댓말을 들으니 영 기분이 찜찜했던 재현이다.

어쩌면 윤정의 아버지라 더더욱 그랬을지도 모른다.

"일단 치료는 끝났고요. 매일 목마르실 때마다 이 물을 드세요. 치료수라고 해서 몸에 좋은 물이에요. 이게 몸에 있는 노폐물을 빼주고, 병을 예방해 줄 거예요. 자주 섭취하면 더 좋고요."

재현은 빨간 뚜껑으로 된 치료수를 가리켰다.

윤정에게는 미리 알렸으니 어떤 게 치료수이고 정화수인지 확실히 구분할 수 있을 것이다.

"고맙네. 여러 가질 준비해 줘서. 비싼 거 아닌가?"

치료도 해 주고 치료수라는 것도 주니 당연히 고마우면서도 미안하다. 혹시 돈을 주고 구입했으면 더더욱 미안했을 것이다.

"이 정도로 뭘요. 그리고 치료수는 제가 언제든 만들 수 있는 거라 돈은 안 드니 걱정하지 마세요."

"그래? 정말 고맙네. 그런데 말일세."

"예, 아버님."

"혹시 윤정이와 사귀는 건가? 결혼을 전제로 사귀고 있나?"

"……예?"

갑작스러운 말에 재현이 엄청 당황했다. 그건 윤정도 마찬가지였다. 당황하는 그 둘을 보자 준영이 허허 웃었다.

"아니, 나한테 잘 보이려고 하는 것 같아서 말이야. 아빠가 모르는 사이에 남자를 물어 왔나 싶었지."

솔직히 말해 그런 감이 없잖아 있었다. 사실이기도 했다.

재현은 윤정의 아버지를 위해 며칠간 하루도 빠짐없이 와서 치료를 했다.

의사들에게도 검증을 받아 허락을 맡아 실시한 행위였다.

한때 정령의 치유력에 대해 의심도 받았지만, 결과는 대성공이다.

날이 갈수록 환자의 상태가 좋아지니 의사들은 찍소리도 못하고 인정해 줄 수밖에 없었다.

물의 정령사가 치유 능력도 같이 있다는 것은 이미 의학계에서는 잘 알려진 사실이다.

어쨌든 간에 재현은 준영을 치료한 목적이 있었다. 윤정에게서 흐르는 눈물을 멎게 하려는 것이었다.

그건 성공적이었다. 그녀의 아버지는 이렇게 멀쩡해졌다. 자신이 없었으면 아직도 병실에 누운 채 수술에 대한 걱정을 하고 있었을 것이리라.

"아빠도 참."

농담을 할 줄 아는 사람이지만, 딱히 기분이 어떠냐고 하면 좋았다. 사람이 당혹스럽게 말을 툭 던지지만 그것이 유쾌해 보였다.

그는 재현을 바라보더니 손을 덥석 잡았다.

"윤정이와 사귀는 건 반대 안 하마. 이렇게 유능한 사람이랑 사귀면 나야 좋지."

유능한 사람. 태어나서 처음 들어보는 소리였다.

무능하다는 소리는 듣긴 했지만 유능하다는 말은 전혀 들어 본 적이 없었기 때문이다.

칭찬을 들은 것과 윤정과 사귀는 것도 허락받으니 솔직히 조금 기뻤다.

솔직히 장난기가 섞인 걸 보니 장난 같기도 했지만, 진심도 느껴졌다.

"아빠!"

윤정이 얼굴이 새빨개지며 소리친다. 당황하는 그 모습을 보며 준영과 재현이 하하하 웃었다.

*　　*　　*

그렇게 병실에서 한바탕 사귀냐, 결혼을 전제로 사귀어

라, 라는 등의 말을 들은 재현과 윤정.

그들은 윤정의 어머니가 병실에 도착하자, 병원 밖으로 나갈 수 있었다. 그들은 병원 주위를 돌며 바람을 쐬고, 함께 걷고 있었다.

"아버님이 유쾌하신 분이시네요."

"그렇긴 하지만 조금 더 알게 되면 고집이 더 센 분이라고 생각하실 거예요."

"그래도 그게 어디예요. 유쾌하다는 것만큼 좋은 건 없죠."

웃음이 가득한 가정에서 자랐구나 생각한다. 아버지도 늘 옆에 있었을 테니 말이다.

재현의 경우 아버지가 살아 계실 적 바쁘다는 이유로 보지 못하는 일이 더 많았다.

재현은 기억이 나지 않지만, 한참 어렸을 적 오랜만에 집에 온 아버지를 보고 누구냐고 물어봤었다고 재희에게 들은 적이 있었다.

그때 아버지의 표정은 아직도 안 잊혀진다고 웃으며 말한 누나. 솔직히 말해 재현은 윤정의 가정이 부러웠다.

아는 것보다 모르는 것이 더 많은 아버지보다 조금이라도 의중을 알 수 있는 아버지가 좋은 것이다.

솔직히 말해 재현은 아버지를 볼 때마다 성격을 제대로

파악할 시간도 없었다.

집에 있는 기간이 많지 않았기 때문이다.

그나마 사업에 실패해 빚더미에 눌려 집에 자주 있을 수밖에 없을 때는 반대로 일탈로 방황하던 재현이 집에 들어가지 않았다.

제대로 파악한 건 정신 차리고 다시 집에 들어가서 일주일 정도가 지난 때였다.

재현은 여전히 아버지에 대해 모르는 것이 많았다.

겉은 무덤덤할지 몰라도 사실 속이 따뜻한 사람이라는 것 빼고는 말이다.

"기념으로 술이라도 마실까요? 이번에는 제가 쏠게요."

"아뇨. 이건 제가 쏴야죠. 재현 씨가 고생했는데 염치없게 얻어먹을 수 없어요."

미안해서라도 이번 것도 자신이 사 줘야 한다고 말하는 윤정. 재현은 하하 웃으며 손사래 쳤다.

"그런 게 어디 있어요. 그냥 기념이에요, 기념. 그런 거 신경 쓰지 마세요."

"늘 사 주시기만 해서 그렇죠."

솔직히 이제는 얻어먹는 것도 신경이 쓰였던 모양이다.

재현은 신경 쓰지 말라고 다시 강조한 후, 근처를 돌며 술집을 찾아보기로 했다.

저녁 시간이고, 주변에 대학교가 있어 거리는 학생들로 붐비고 있었다.

좌우를 둘러봐도 많은 인파가 있었다. 그나마 한산한 술집에 들어갔다.

재현은 간단한 안주와 소주를 시켰다.

"음…… 이제 일도 끝났으니 중급 헌터 심사를 볼 생각이에요."

"중급 헌터요? 그럼 재현 씨, 중급 헌터 되시는 거예요? 축하드려요!"

"아직 심사도 안 봤는데요. 어떻게 될지는 결과를 봐야 알 수 있어요."

"그래도 미리 축하드리는 거죠. 재현 씨라면 분명 중급 헌터가 되실 수 있을 거예요. 초급 헌터도 단기간에 되신 분이 중급 헌터라고 안 붙겠어요?"

재현은 고개를 저으며 일단 나중에 결과를 말해 주겠다고 한다.

별로 기대하지는 말라고 했지만, 윤정은 반드시 붙을 거라며 기운을 북돋워 준다.

재현은 휴대폰을 꺼낸다. 문자가 와 있었다. 헌터 양성소에서 온 문자였다.

중급 심사는 일주일 후이니 잊지 말라는 문자였다.

이미 중급 심사를 신청해 놓았다.

다행히 신청 기간을 놓치지 않았고, 중급 심사도 그리 오래 기다리지 않아도 되었다.

중급 심사가 이번부터 달라졌다고 한다.

최근 도입된 최첨단 훈련 심사라는데 뭘 하는 건지 잘 모르겠다.

홈페이지를 확인해 봤지만, 무슨 가상 현실로 하는 훈련 기계라는데 그걸로 수습 헌터들의 자질을 확인한다고 한다.

정확한 것은 나오지 않아 자세히 알 수는 없었지만 해외에서는 이미 도입해 효과적인 심사를 볼 수 있게 되었다고 한다.

그렇게 얘기를 나누는 동안 안주와 소주가 나왔다. 간단한 것으로 시켰기 때문에 나오는 것도 금방이었다.

아직 준영은 완쾌한 것이 아니라서 이 자리에 없지만 둘만이라도 그의 완쾌를 위해 건배를 했다.

서로 얘기를 하며 건배를 하고 하염없이 시간이 흘렀다. 그렇게 두 시간을 술을 마시니, 옆에 소주병이 쌓이기 시작했다.

'이상하네. 이 정도 마시면 힘들어야 하는데 아무렇지도 않아.'

취하는 기분은 들긴 하지만 그렇게 힘들지는 않았다. 재현이 원래 해독이 빠르긴 했지만 금방 취하기도 했기 때문이다.

허나 지금은 힘들지도, 속이 울렁거리지도 않았다. 몸이 뜨거워지면서 취기가 조금씩 빠져나가는 것 같았다.

사실 이는 재현이 모르는 사이에 소량의 정령력이 알아서 체내에 맴돌며 취기를 조금씩 빼내고 있는 것이다.

물론 아주 소량이기 때문에 점점 얼굴이 시뻘겋게 변하고 취기가 올라오고 있었다.

"재현 씨."

"예."

소주를 두 병 정도 마시자 눈에 힘이 풀려 있는 윤정. 그 모습이 귀엽게만 느껴졌다.

그녀는 그를 불러 놓고 갑자기 대답을 망설이는 윤정. 손을 꼼지락거리며 시선을 살짝 회피하고 말하기를 망설였다.

재현은 그녀를 재촉하지 않았다. 그녀가 스스로 말할 때까지 기다려 주었다. 기다림이 효과가 있었는지 그녀가 물어본다.

"……재현 씨는 절 어떻게 생각하세여~?"

"……."

얼굴이 붉은 걸 보면 술기운을 빌린 것이 드러난다. 재현도 몸에서 술이 돌고 있었다.

평소 같았으면 여러 가지 생각을 하다가 말했겠지만, 지금은 머리 회전도 원활하지 않았다.

"어떻게 생각하긴요. 당연히 좋아하죠."

빙빙 둘러서 말하는 게 아니라 바로 스트레이트로 말해 버린다. 술이 들어가니 너무 솔직해져 버리는 재현이었다.

"헤헤, 저도요."

"……."

맞은편에 있던 윤정이 갑자기 그의 옆에 앉더니 덥석 안겨 오더니 뺨을 부비적거린다.

많이 취한 것 같다고 생각했다. 확실히 소주 두 병이면 어지간한 사람들은 취하고 남을 것이다.

그녀는 한동안 재현을 안고 있다가 하소연하는 듯 말한다.

"제가 적극적으로 하는 건 있었지만…… 솔직히 말해서 저도 좋아하는 사람이 아니면 이렇게까지는 안 해요. 저도 여자라서 좋아하는 남자 앞에서는 요조숙녀로 있고 싶어요."

"요조숙녀도 좋지만 저는 솔직하게 행동하는 걸 더 좋아해요."

윤정이 갑자기 뾰로통한 표정으로 그를 바라본다. 어딘

가 불만이 많은 표정이었다.

"재현 씨는 여자의 마음을 전혀 몰라요."

여자가 아니니 당연히 여자의 마음을 잘 모른다고 말할 정도로 재현은 멍청하지 않았다. 그는 고개를 끄덕였다.

여성의 마음을 이해하는 사람도 많지만, 재현은 이해하지 못할 때가 많았다.

"좋아하는 남자 앞에서 꾸미고 조숙해 보이고 싶어 하는 게 여자예요. 재현 씨는 여자의 마음을 잘 이해하지 못하는 것이 마이너스예요."

콕! 그녀가 재현의 코를 살짝 누르며 방긋 미소를 짓는다. 재현은 망설이지 않았다.

"솔직히 저도 남자라서 단순해요. 여자의 마음은 단순하지 않잖아요. 그래서 이해하는 게 어려워요. 그리고 저도 윤정 씨가 좋아요. 싫어했으면 제가 이렇게까지 도와줬겠어요?"

"하긴 그래요. 재현 씨가 저처럼 남을 돕는 걸 좋아하거나 부탁을 거절하지 못하는 사람은 아닌 것 같긴 해요."

"마음에 맞는 사람의 부탁은 어지간하면 들어주긴 하지만요."

재현이 자신의 잔에 있는 소주를 다시 마셨다.

윤정은 그의 옆에서 떨어지지 않고 그의 팔에 자신을 팔을 두른다. 전에도 느낀 거지만 그녀에게서 좋은 향이 나고 있었다.

향수를 뿌린 게 아닌데도 이런 향이 나다니. 재현은 심장이 맹렬히 뛰고 있었다. 그건 비단 술기운 때문만은 아닐 것이다.

재현이 천천히 그녀에게 얼굴을 가까이 다가간다. 윤정이 눈을 감는다. 재현은 그녀의 입을 탐했다. 부드럽고 촉촉한 것이 그의 입술을 적신다.

"재현 씨……."

재현은 못 참겠다는 듯 또다시 그녀의 입을 탐한다. 이제 적극적일 때가 되었다고 생각한다.

"가요, 윤정 씨."

"예……."

그냥 간다고 했지만 윤정은 어디로 가는지 굳이 묻지 않았다.

* * *

어쩌다가 이런 상황에 왔는지 머리가 하얗게 변했다. 바로 벽 너머로 윤정이 샤워를 하고 있었다.

재현은 먼저 씻은 뒤 나신으로 침대에 앉아 그녀를 기다리고 있었다.

'정말 내가 잘한 건가? 취한 사람을 괜히 끌어들인 게 아닐까?'

샤워를 하고 기다리니 어느덧 취기가 완전히 빠진 재현은 머리가 다시 정상적으로 돌아왔다.

그는 머리를 부여잡으며 깊은 한숨을 내쉬었다.

이게 잘한 일인지 아닌지 판단이 서질 않았다.

윤정도 술기운에 저지르고 있는 게 아닐까 걱정이 된다.

'그래도…….'

쿵쾅쿵쾅.

자신의 심장이 맹렬히 뛰고 있었다.

혹시 자신의 심장 소리가 옆방까지 들리는 게 아닐까 생각할 정도로 쉴 새 없이 뛴다. 그렇게 잠깐의 시간이 지나자 윤정이 나왔다.

"오래…… 기다렸죠?"

"……."

샤워를 마친 윤정이 부끄러운 듯 얼굴을 붉히며 그의 앞에 나선다. 나신의 모습으로 자신의 앞에 있는 그녀의 모습은 그 어느 때보다도 아름다웠다.

윤정은 재현의 옆에 앉았다. 재현은 떨리는 마음을 진정시키고 그녀의 어깨에 자신의 팔을 두르며 끌어안는다.

천천히, 얼굴을 가까이 가져간다. 전에도 키스를 했지만 이번에는 엄청나게 떨렸다. 그녀도 마찬가지였는지 입을 맞추자 몸을 부르르 떤다.

그녀의 떨림이 그의 손을 타고 전해져 왔다.

평소 적극적이던 그녀의 모습과는 상반된 모습이다.

"재현 씨……."

천천히, 그의 몸 위에 올라타는 윤정. 잠시 후 둘의 그림자가 하나로 합쳐졌다.

* * *

[잘 들어갔어?]

[응. 오빠는?]

[나도 잘 들어갔지. 우리 자기 벌써부터 보고 싶다.]

[나도 오빠 보고 싶다.]

재현은 집에 도착하고서 윤정과 문자를 주고받았다.

순서가 이상하지만 어제 일로 인해 재현은 윤정과 사귀기로 했다. 덕분에 서로 부르는 호칭도 바뀌었다.

닭살이 돋아 '우리 애기' 같은 말은 하지 못하지만, 편하게 '자기야' 라고 부르는 것만 해도 큰 발전이었다.

윤정은 재현을 오빠라고 불렀다. 그 오빠라는 호칭은 그 어느 때보다 듣기 좋은 말이었다.

"그렇게 좋아?"

재현의 얼굴에 미소가 떠나가질 않자 정령들이 재현을 이상한 사람 쳐다보는 듯했다.

헤벌쭉한 그의 얼굴을 보고 있으니 저절로 거리를 벌리게 되었다. 애니메이션이었으면 그의 주변에는 꽃이 만개해 있을 것이다.

"메타리엔은 왜 여기에 있어?"

썬더러가 옆에서 거의 반쯤 졸고 있는 메타리엔에게 물어본 것이다. 평소 재현의 머리 위에서 졸고 있던 메타리엔이지만, 지금은 어쩐 일인지 그와 거리를 벌려 다른 정령들 틈에 합류하고 있었다.

"재현이…… 징그러움……."

운다인만 하더라도 그에게 다가가지 못하고 있는데 다른 정령들은 오죽할까. 그의 새로운 모습이 신기하기도 하지만 징그러웠다.

"왜 다들 피하고 있는 거야?"

문자를 하다가 정령들이 자신과 거리를 벌리고 있자 의아한 듯 바라보는 재현. 운다인이 한심한 표정을 지었다.

"……몰라서 물어본 거라면 거울을 봐 봐."

"거울이 왜?"

재현은 영문을 모르겠다는 듯 거울을 바라보지만 딱히 이상한 점은 없어 보였다. 본인이기 때문에 자신의 표정이 지금 징글징글하다는 걸 못 느끼고 있는 건지도 모른다.

다 포기했다는 듯 다들 고개를 좌우로 흔들었다.

한동안 문자만 하다가 재현이 휴대폰을 주머니에 넣는다. 그가 정령들에게 집중하기 위해 바라보자 운다인이 묻는다.

"재현이는 앞으로 뭘 할 거야?"

"중급 심사도 얼마 남지 않았고. 그 기간 동안 운다인의 기술을 모두 알아봐야지."

중급 정령이 되면서 새로운 기술들을 쓸 수 있게 되었다.

운다인의 기술을 아직 모르는 재현이기 때문에 이를 알아야만 했다. 어떤 상황에서 쓸지, 어떤 효과가 있는지 작은 것부터 큰 것까지 파악해야 했다. 그것들은 향후 심사나 사냥에 영향을 미치게 될 것이다.

"이제 시작이야."

재현은 다짐하듯 주먹을 움켜쥐었다.

중급 심사까지 남은 기간은 단 5일. 그간 재현은 운다인의 기술을 파악하고 활용하기 위한 연습에 돌입할 생각이었다.

Chapter 10
중급 헌터 심사

오랜만에 오는 헌터 양성소였다. 재현은 헌터 양성소에 오자 꽤 변했구나, 하고 잠시 감회에 잠겼다가 곧장 정우를 찾아갔다.

"오, 운디네는 운다인이 되었구나. 그리고 다른 정령들도 계약을 한 듯하고."

정우는 정령들을 일일이 확인해 보았다. 다양한 정령들. 재현은 총 넷의 정령들을 다루고 있었다. 꽤나 자질이 뛰어났던 것 같았다.

넷을 한꺼번에 소환한 상태로도 아무렇지도 않은 것을 보니 놀라웠다. 사실 넷을 전부 소환하는 건 꽤 무리인

일이다.

운다인이 되면서 소모되는 정령력이 어마어마하기 때문이다. 모두 소환한 상태로 반나절이나 가면 다행일 것이다. 잠깐 보여줄 의도였기에 넷을 소환했을 뿐이다.

정우는 재현을 안내해 주었다. 오늘 하루 그는 중급 심사를 보는 헌터들을 안내해 주는 교관이었다.

"중급 헌터 심사는 어떤 형식으로 진행되나요?"

재현은 그게 가장 궁금했다. 홈페이지를 둘러봤어도 자세한 건 나와 있지 않았기 때문이다.

해외에 대한 자료도 찾아볼까 했지만 그간 운다인의 기술들을 알아보고 활용해 본다고 자료를 찾아볼 시간도 없었다.

"수습 헌터 때 환영을 봤었지? 이제 그게 사라지고 훈련 프로젝트라 해서 훈련 기기에 들어가 그곳에서 싸우는 연습을 하게 된다."

"힘든 건가요?"

"힘들지. 지금껏 사냥하지 않은 몬스터들과 싸우게 될 거고, 더욱 리얼리티한 시험이니까. 2차 시험까지 있는데 그게 가장 어려울 거다."

자세한 건 직접 겪어 보면 안다고 하는데 늘 하던 대로 하면 괜찮을 거라는 말을 해 주고 재현은 중급 시험 심사장으로 들어갔다.

쉰 명이 넘는 헌터들이 시험을 보기 위해 대기실에 앉아 있었다. 아는 얼굴은 전혀 보이지 않았다.

재현은 의자에 앉아 대기하고 있었다.

정우는 인원들을 통솔하고 안내하고 있었기에 말을 걸 수 없었다. 결국 재현은 휴대폰을 만지작거리며 윤정과 문자를 했다.

[지금 중급 심사 보러 왔어.]

문자는 금방 도착했다.

[힘내, 오빠는 할 수 있어. 긴장하지 말고 평소 했던 대로 하면 될 거야! ㅇㅅㅇ_b 우리 오빠는 최고니까!]

[그래, 힘이 난다. ㅎㅎ. 우리 자기는 뭐하고 있어?]

[난 지금 공부 중. 오빠가 자꾸 불안해하니까 생각나서 집중이 안 돼. 책임져!]

[우리 자기가 걱정하지 않도록 합격해야겠네.]

[응. 결과가 나오면 바로 연락해야 돼. 알았지?]

[반드시 좋은 결과로 연락할게.]

흐뭇한 표정으로 문자를 주고받자 시험이 시작되었다.

"1번부터 20번 예비 중급 헌터들부터 들어오세요! 한쪽에서 시험이 끝나면 바로 들어가시면 됩니다!"

스무 명의 헌터들이 일어나 시험장에 들어선다. 재현은

자신의 번호를 확인한다.

재현의 번호는 37번이었다. 아직 자신의 순서가 되려면 멀었다. 자신도 모르게 다리를 떨었다.

면접을 볼 때의 불안감이 여기서도 발동된 것이다.

늘 하던 대로 하면 된다고는 하는 데 솔직히 불안한 건 어쩔 수 없었다.

그렇게 약 10분 정도 지나자 점차 사람들이 나오기 시작했다. 처음 나온 사람은 의기소침한 표정으로 터벅터벅 나와 밖으로 나간다. 딱 봐도 떨어졌구나란 생각이 들었다.

희비가 교차되었다. 어떤 사람은 기뻐하고 있었지만, 어떤 사람들은 욕을 하고 있었다.

"이게 말이 돼? 더러워서. 시간만 날렸네!"

"미친. 이걸 합격하는 사람이 더 이상한 거야!"

시험이 어렵긴 어려운 모양이다. 그렇게 웃으며 나오는 사람과 욕을 하며 그냥 나가 버리는 사람들을 보고 있자니 어느새 재현의 차례가 왔다.

재현은 방에 들어왔다. 방 안은 엄청나게 넓었다. 운동장보다 조금 작은 크기다. 주위에 파손과 소음을 막기 위해 여러 가지 장갑이 둘러져 있었다.

[시험은 전투로 측정됩니다. 눈앞에 나타나는 몬스터들을 무찌르면 됩니다. 모든 능력을 총동원하여 싸우시기

바랍니다. 10회의 공격을 받을 시 탈락하게 됩니다. 또한 제한 시간은 10분으로, 시간 초과 시에도 탈락이 될 수 있으니 주의해 주십시오.]

"어렵네."

열 번을 맞으면 자동 탈락. 재현은 시험이 확실히 어렵겠구나 싶었다.

입고 온 티타늄 로브로 두들겨 맞아도 멀쩡하겠지만 이건 오로지 전투 센스로만 판정되는 것이다.

[30초 후, 시험이 시작됩니다. 예비 중급 헌터분께서는 준비해 주시기 바랍니다.]

'얘들아, 준비하자.'

[응!]

재현이 모든 정령들을 소환한다. 정령들이 나타나 전투 태세를 갖춘다.

10초가 되자 카운트 다운이 시작되고, 0이 되었을 때 그의 눈앞에 몬스터들이 나타났다.

눈앞에 나타난 몬스터들은 C급 몬스터로, 오크였다.

한 녀석은 커다란 도끼를 들고 있었고, 다른 한 녀석은 양손으로 드는 대검과 방패를 쥐고 있었다.

저렇게 무거운 것을 두 손으로 안 잡고 한 손으로 잡는 것을 보고 솔직히 놀랐다.

[시작합니다.]

딱딱한 음성과 함께 오크들이 울부짖는다.

재현은 정말 현실감이 있다는 생각이 들었다. 오크를 본 건 딱 한 번, 설악산 몬스터 준동 때였다.

그것도 그냥 멀리서 본 것뿐이다.

눈앞에서 보는 건 이번이 처음이었다.

그래도 녀석들은 현실처럼 너무도 사실적이었다. 주위가 쩌렁쩌렁 울린다.

재현은 자신도 모르게 한쪽 귀를 막았다.

귀를 뒤흔드는 소리에 인상이 저절로 찌푸려졌다.

방패와 대검을 들고 있던 오크가 앞장서서 그에게 달려든다.

배틀 엑스를 든 녀석은 그 뒤를 따른다. 공격이 실패하면 뒤이어 공격할 생각인 것이다.

"인공지능이 뛰어난데! 운다인, 물의 축복!"

운다인의 손에서 푸른색 빛이 터져 나오며 재현의 주위에 맴돌기 시작한다.

물의 축복.

중급 정령이 되면서 새롭게 생긴 기술이다. 공격 기술이 아닌 자신과 아군에게 버프를 걸어 주는 기술이다.

지속적인 치유 효과도 있어 장기간의 전투를 버틸 수

있게 해 주는 기술이다. 그리고 무엇보다 정령력을 증폭시켜 주는 효과까지 더해져 있다.

그는 연이어 소리친다.

"운다인. 웨이브(Wave)!"

그의 주위로 물줄기가 퍼져 나가며 파도가 일어난다. 앞에서 달려들던 녀석들이 그 파도에 다가오지 못하고 밀려난다.

재현은 그 틈에 공격에 나섰다.

"썬더러, 라이트닝 볼!"

전기 공격으로 녀석들을 움직이지 못하게 하여 끝장낼 생각인 재현. 허나 녀석들은 잠깐 고개를 좌우로 돌리더니 다시 달려든다.

"뭐야, 이게 끝?"

재현은 다소 황당한 표정을 짓는다.

현실 같았으면 전류로 인해 몸이 마비되어야 정상인데, 녀석들은 잠깐의 비명만 지르고 끝났기 때문이다.

가장 리얼리티한 훈련 프로그램이라고 떵떵거리고 있으면서 리얼하지가 않다고 생각했다.

아직 끝난 건 아니기 때문에 재현은 전투에 집중하기로 했다.

"노움, 어스 해머!"

흙이 생성되며 허공에서 거대한 망치가 만들어진다.

그 망치는 방패를 든 녀석을 향해 내리쳤다.

녀석은 방패를 치켜들었지만, 육중한 타격으로 인해 방패가 부서지고, 팔을 못 쓰게 되었다.

그래도 녀석은 잠깐 움직임이 멈췄지만 다시 달려들었다.

'이러니 탈락한 헌터들이 욕을 하며 나갔지.'

아마 그들은 이런 식으로 사냥을 하던 헌터들이었을 것이다.

실제와 반응이 다르니 당연히 끝났다고 생각하고 다음 수를 생각하지 않아 당한 것이다. 솔직히 항의할 만한 일이다.

그러나 지금은 시험을 치르는 중이다. 항의는 나중에 하자고 생각하며 땅을 박차고 녀석의 어깨 위로 올라탔다.

물의 축복 덕분에 몸이 가뿐하다. 2미터 정도를 쉽게 뛰어오를 수 있을 정도로 물의 축복은 대단한 버프 계열이었다.

재현은 녀석의 목에 검을 꽂을 생각이었다. 제아무리 프로그램이라도 목이 베이면 죽는다는 걸 인식할 것이다.

"한 녀석!"

그리고 검을 찌르려고 할 때, 운다인이 소리친다.

"재현아, 조심해!"

그 말과 함께 재현의 몸에 육중한 타격이 들어온다.

육중한 타격이 그의 배에 꽂힌다. 재현의 몸이 허공에 붕 뜨며 떨어진다.

"뭐, 뭐야?"

당황스러워할 틈도 없었다. 뒤이어 온 오크가 재현을 향해 달려들었기 때문이다.

재현은 재빨리 몸을 옆으로 굴렀다. 방금 전 그가 있던 곳에 대검이 꽂힌다.

사실 프로그램인데 데미지가 들어오니 솔직히 식은땀이 주륵 흘렀다.

설마 죽을 수도 있는 게 아닐까란 생각이 들었기 때문이다.

아이언 와일드 보어의 공격에도 거의 타격이 없었는데, 오크의 공격에는 데미지를 입었다.

티타늄 로브가 파손되거나 하지 않았지만 꽤 아팠다.

"오크가 확실히 세긴 세구나."

감탄이 나올 정도였다. 재현은 다시 일어선다. 아직 끝나지 않았다. 한 녀석도 못 잡았는데 이대로 쓰러지는 건 재현의 자존심이 용납 못 한다.

"메타리엔, 아이언 룸!"

아이언 룸은 강철로 이루어진 벽을 만들어 몬스터를 잡아 가두는 기술이다.

전류가 안 먹힌다면 가둬 버린다! 그리고 그 안에서 죽이면 되는 것이다.

쾅! 쾅!

안쪽에서 녀석들이 벽을 허물려고 있는 힘껏 도끼질과 칼질을 하고 있는 것이 들려왔지만, 소용없다.

트롤 정도면 모를까 오크가 아무리 내리쳐 봤자 어지간한 공격으로는 부술 수 없을 것이다.

"운다인, 저 안에 물을 가득 채워 버려!"

"알았어."

운디네의 손이 움직인다. 작은 빈틈 하나 없이 만들어졌기 때문에 물이 새어 나오지 않았다.

녀석들이 더욱 맹렬히 벽을 치고 있었지만 곧 그 소리도 사라졌다.

물이 완전히 채워져 그 충격까지 줄어든 것이다.

실전이었다면 그냥 이대로 익사할 때까지 놔두었겠지만 이건 가상이다. 녀석들은 실제하지 않기 때문에 굳이 익사할 때까지 놔둘 필요가 없었다.

"워터 프레셔!"

내부는 알 수 없지만 정령력이 빠져나간 것이 느껴졌

다. 녀석들은 그 안에서 완전히 눌려졌을 것이다.

승리를 확신하는 순간, 그의 귀로 다시 딱딱한 기계음이 들려왔다.

[오크 소탕 두 마리, 시간 6분 48초. 축하드립니다. 1차 심사에 합격하였습니다.]

합격 통지를 받고 모든 기술을 풀었다. 강철의 벽이 사라지자 대량이 물이 사방으로 퍼졌다. 그 안에는 아무것도 존재하지 않았다. 오크들을 완전히 소탕하면서 사라진 것 같았다.

"후우, 힘들다."

재현은 이마에 흐르는 땀을 닦아내었다. 운다인의 기술은 강하지만 정령력을 많이 소비했다.

모든 정령들을 소환한 상태로 싸우기에는 정령력이 부족한 게 사실이었다.

"고생했어, 재현아."

다들 재현에게 고생했다고 위로하며 자기들 위치로 간다.

운다인은 더 이상 작은 체구가 아니라서 그의 어깨에 앉을 수 없어 그에게 안겼다. 운디네였을 적 앉았던 자리는 이제 노움의 차지였다.

"응. 너희들도."

재현은 다들 머리를 한 번씩 쓰다듬어 주며 밖으로 나왔다.

밖으로 나오니 꽉 차 있던 자리에 빈 곳이 많이 있었다. 의자에 앉아 있는 헌터들은 재현처럼 1차 시험에 합격한 자들이었다.

1차 합격자들은 남아서 나머지 시험을 치러야 했다. 재현도 의자에 앉자 정우가 다가온다.

"합격한 모양이군."

"예."

"그래도 좀 힘들었지?"

"예. 무엇보다 좀 현실감이 떨어지는 것도 있었고요."

"현실감이 떨어진다고? 그럴 리가 없는데."

정우는 오히려 더 의아한 표정을 지었다. 훈련 프로그램은 거의 완벽에 가까운 심사 과정을 거쳐 인정한 기기다.

많은 헌터들의 기억을 종합해 모든 몬스터들의 행동 패턴이 기록된 것이기에 완벽에 가깝다.

충격을 받는 것은 훈련 프로그램을 하는 헌터들의 안전을 위해 낮췄다지만 비현실적이라고 콕 집어 말할 수도 없었다.

직접 체험해 본 정우가 장담한다.

"상당히 어렵던데요? 전류가 안 먹히고. 이거 구멍이

너무 많은 것 아니에요? 속성 공격에 대한 세세한 것에서 부족한 것 같아요. 거기다 팔이 부러져도 달려들기도 하고요."

정우가 그 말을 듣고 허허 웃었다.

재현은 그가 웃는 이유를 알 수 없다는 듯 바라본다.

"몰랐나 보군. 오크는 모든 마법 공격에 내성을 가지고 있다."

"예? 정말요?"

특정한 것도 아닌 모든 속성 공격의 내성이라니…… 재현은 몰랐던 사실이어서 놀라고 있었다.

"그래. 그리고 오크들은 전투 종족들이다. 녀석들은 한 번 공격 대상을 삼으면 하나가 죽을 때까지 절대로 멈추지 않지. 팔이 부러지면 발로, 발이 부러지면 이빨로, 이빨이 부러지면 박치기로. 그것이 바로 오크다."

솔직히 깜짝 놀랐다. 누구 하나 죽을 때까지, 자신이 죽지 않는 이상 달려들다니. 소름이 끼쳤다.

"그리고 훈련 프로그램에 나타난 오크들은 실제로 존재하는 오크들보다 약하다."

확실히 중급 심사인데 진짜 오크처럼 강한 녀석들이었으면 아무도 통과할 수 없었을 것이다. 하지만 문득 궁금증이 생겼다.

저게 약하게 조정된 오크라면 실제로는 더 세다는 얘기가 되었다.

"그럼 실제 오크들은 얼마나 강한 건가요?"

"프로그램은 실제 오크 힘의 40퍼센트 수준이다. 그러니까 실제 오크는 훨씬 더 강하다는 얘기지. 그리고 장담하는데 재현 군의 공격은 훈련 프로그램처럼 제대로 안 먹힐 거다."

"……."

그게 40퍼센트라니.

마운틴 덕보다 약하긴 했지만 거의 맞먹을 정도였다.

같은 등급 몬스터라도 차이가 심한 경우는 있지만 이렇게 심한 경우는 처음이었다.

재현은 솔직히 말해 기겁할 정도였다.

만약 사냥을 하다가 오크를 만나게 되면 뒤돌아보지 않고 곧장 도망치자고 생각했다.

사냥을 해도 최소한 파티를 맺자고 다짐하는 것도 잊지 않는다.

앞의 전광판을 보니 대기 번호가 사라지고 마지막에 있던 사람이 나왔다. 마지막에 나온 사람의 표정을 보니 떨어진 모양이다.

불합격자들은 이대로 다음 기회를 노릴 수밖에 없었다.

“끝난 모양이군. 남은 시험도 어려울 테니 각오하고 임하거라. 난 여기서 내 일이 끝났거든. 안 그래도 업무가 밀렸는데 이걸 하고 있었으니…… 후우.”

정우는 깊은 한숨을 내쉬며 고개를 좌우로 저었다. 밀린 일거리를 해야 할 생각을 하니 암담한 모양이다.

재현에게 고생하라는 말을 하고, 정우는 빙긋 웃으며 어딘가로 사라진다.

합격자와 불합격자가 모두 나오자 방송이 나왔다.

[중급 헌터 심사 1차 합격자들은 안내원들을 따라 이동해 주시기 바랍니다.]

안내원은 단 한 명. 합격자들은 안내원을 따라 1층으로 이동했다.

1층 카운터에 오자 1차 합격자들에게 의뢰서를 하나씩 건넸다. 마지막 심사는 의뢰 형식으로 하는 모양이었다. 재현은 의뢰서를 받아 내용을 확인한다.

〈중급 헌터 2차 심사〉

등급: C

종류: 소탕

의뢰인: 헌터 심사장

-중급 헌터가 되기 위해서는 민간인을 돕는 일을

우선적으로 해야 한다. 헌터는 인간에게 해악을 끼치는 몬스터들을 소탕하는 것이 주된 임무이다. 이 심사는 헌터로서의 자질을 확인하며 자신의 실력이 중급 헌터에 걸맞은지 확인하기 위한 통과의례이다. 헌터는 때로는 이윤을 포기하면서도 민간인을 위해 힘써야 한다. 최근 금강 일대의 민가로 내려오는 몬스터들을 소탕하여 더 이상 민가로 내려오지 못하게 안정 수치만큼 개체 수를 줄여라.

소탕할 몬스터: 마운틴 덕

제한 시간: 2주 (4월 3일 ~ 17일까지)

"……."

재현은 씩 웃었다. 2차 심사는 재현에게 있어서 반가운 의뢰였기 때문이다.

마운틴 덕. 자신이 얼마나 강해졌는지 확인하기 위해 일전에 사냥해 본 경험이 있었다.

*　　*　　*

재현은 의뢰를 받고 이튿날 바로 논산으로 향했다. 금강이 흐르는 공주에 도착했다.

금강은 고속도로를 타고 내려오면서 확인할 수 있는 곳이었다.

재현은 마운틴 덕이 서식하는 이름 모를 산의 근방에 도착해 민가를 찾았다.

산 근방의 민가는 몬스터들의 만행이 고스란히 남아 있었다.

어떤 건물의 외벽은 부서져 있었고, 밭은 녀석들의 발자국으로 가득했다.

또 도로 한복판에는 강아지의 시체가 널브러져 있었다.

무언가에 물어뜯긴 자국이 너무도 선명하다.

지나가는 사람들에게 물어보니 멀지 않은 곳에 몬스터들이 서식한다는 정보를 주었다.

재현은 사람들에게 물어 녀석들이 서식하는 산에 도착할 수 있었다.

경찰과 군인들이 몬스터가 나오지 않게 도로를 봉쇄하고 있었다. 한쪽에는 총에 맞고 쓰러져 있는 마운틴 덕의 시체가 있었다.

"무슨 일로 오셨습니까?"

경찰이 진입하려는 재현의 차량을 막는다. 그는 자신의 헌터증과 의뢰서를 건넸다. 경찰이 이를 확인하고 들여보내 주었다.

군 · 경이 초소를 세워 경계하고 있었다. 재현은 가는 곳마다 헌터증과 의뢰서를 건네야 했다.

그렇게 몇 차례를 반복하자, 드디어 재현은 주차장에 차를 세워 두고 산으로 들어갈 수 있었다.

재현은 산에 들어오기 무섭게 정령들을 전부 소환했다.

어차피 이번에 잡는 몬스터들의 사체는 경찰 쪽에서 회수하기로 했다.

이윤을 포기한다는 건 이런 상황을 두고 하는 말이다.

그가 사냥한 몬스터들은 피해를 본 주민들에게 나누어 준다고 한다.

재현은 심사를 보고 중급 헌터가 되어서 좋고, 주민들은 피해 복구비용을 받아서 좋다. 누이 좋고 매부 좋은 일이다.

거기다 사냥감들을 팔기 위해 가지 않아도 되니 사냥의 효율성은 더욱 높아질 것이다.

재현은 주먹을 쥐고 손으로 팡! 친다.

"자, 그럼 빨리빨리 끝내자. 시간이 열흘밖에 없으니까."

다들 기합을 불어넣고 소리친다. 재현은 마운틴 덕을 사냥하기 위해 산을 탐색하기 시작한다.

* * *

제한 시간은 2주. 하지만 재현은 닷새 만에 일을 모두 마쳤다.

민가까지 내려오던 마운틴 덕들은 개체 수가 줄어들어 더 이상 민가로 내려오지 않게 되었다.

원래 산짐승이든 몬스터든 먹이가 부족해 민가로 내려오는 것이다.

개체 수를 불안할 정도로 줄였으니 몇 달간 민가로 내려오는 일은 없을 것이다.

재현은 중급 헌터 심사를 보는 헌터들 중 가장 빨리 임무를 마쳐 중급 심사에 합격했다. 평균적으로 소탕 임무가 열흘 정도 걸리는 것을 보면 단연 돋보이는 기록이었다.

그는 의뢰를 빠르게 마치고 헌터 양성소에 임무 완료했다고 보고 후, 합격 통지가 날아들 때까지 평소처럼 사냥을 하거나 윤정과 데이트를 즐겼다.

이 정도면 무조건 합격이라고 재현은 생각하며 여유를 즐겼다. 그리고 며칠 후 역시 예상했던 대로 재현의 앞으로 합격 통지서가 도착했다.

"드디어 중급 헌터다!"

통지서에는 중급 헌터 심사에 합격했으니 새로운 헌터증을 발급받으러 오라는 내용이었다.

예상은 했지만 합격 통지서를 받으니 뛸 듯이 기뻤다.

정령들도 그를 축하해 주었다. 재현은 다 같이 빙빙 돌며 분위기에 취해 놀다가 윤정에게 전화를 걸었다.

전화를 걸기 무섭게 윤정이 받았다.

[오빠, 결과 나왔어? 어때?]

잔뜩 긴장한 듯한 윤정의 목소리였다. 재현은 합격했다고 말하려 했지만, 살짝 장난기가 발동했다.

어쩐지 여기서 윤정을 조금 놀리고 싶었기 때문이다.

괜히 자기 일인 것처럼 긴장하고 있는 윤정에게 조금 미안한 일이지만 재현은 괜찮겠지 생각한다.

"사실……."

일부러 힘을 빼고 말하며 말끝을 흐렸다. 한동안 말이 없자 그녀가 감쪽같이 속은 것 같았다.

[뭐야, 설마 아니지?]

윤정이 걱정스러운 목소리가 수화기 너머로 들려온다.

"난 괜찮아."

[오빠…….]

장난은 여기까지 하기로 했다. 무엇이든 도가 지나치면 안 되는 법이다.

적당히 한 듯 안 한 듯해야 상대방도 기분이 안 나쁘고 웃으면서 넘어갈 수 있다.

사실 진심으로 걱정해 주는 윤정의 목소리를 들으니 더 했다가는 나중에 크게 혼날 것 같아 그만하기로 한 게 그의 속내였다.

"왜냐하면 당연히 합격했으니까. 하하하!"

[뭐야, 오빠. 짓궂어. 난 떨어진 줄 알고 놀랐잖아.]

"오빠가 반드시 붙겠다고 했잖아. 우리 자기의 걱정은 이제 끝이야!"

[합격했으니 다행이네.]

"그래서 말인데 파티를 할 생각인데 어때?"

[파티?]

"응. 우리 집에 와서 맛있는 거 먹자. 거하게 술도 마시고, 놀고. 아, 어머님과 아버님 모시고 와도 괜찮아."

윤정은 재현과 사귀기로 했다고 이미 부모님께 다 말씀드린 상황이다.

이를 듣고 가장 기뻐했던 건 준영이었다. 딸이 남자를 잘 물었다며 가장 기뻐했다는 것이다.

솔직히 여자친구의 아버지에게 인정받아서 한껏 들떴었던 재현이었다. 그래서 자주 연락하거나 안부를 묻기도 했다.

누가 봤으면 벌써 결혼한 줄 알 정도니 말은 다한 셈이다.

[일단 여쭤 볼게.]

"그래. 내가 맛있는 거 준비하고 기다릴 테니까 반드시 모셔 와. 알았지?"

[알았어.]

그렇게 간단하게 통화 후 재현은 두 손을 하늘 높이 쳐들었다.

공식적으로 중급 헌터가 되어 들뜬 재현은 지금 당장 날아갈 것 같은 기분이었다.

정령들은 다시 한 번 재현을 축하해 주고, 그는 다시 분위기에 취해 덩실덩실 춤을 추었다.

이제 그에게는 탄탄대로의 헌터 외길을 걷는 일만 남은 것 같았다. 그러나 탄탄대로만 걷게 될지는 두고 봐야 알 일이다.

〈다음 권에 계속〉

DREAMBOOKS★

DREAMBOOKS

DREAMBOOKS★